红色英模故事丛书②

八一勋章英模故事

马 瑛 编著

北京工业大学出版社

图书在版编目（CIP）数据

八一勋章英模故事 / 马瑛编著 . —北京：北京工业大学出版社，2021.7（2023.8重印）
（红色英模故事丛书 / 马瑛）
ISBN 978-7-5639-7971-4

Ⅰ . ①八… Ⅱ . ①马… Ⅲ . ①中国人民解放军－军队英雄－先进事迹 Ⅳ . ① K825.2

中国版本图书馆 CIP 数据核字（2021）第101234号

八一勋章英模故事

BAYI XUNZHANG YINGMO GUSHI

编　　著：	马　瑛
责任编辑：	曹　媛
封面设计：	群睿文化
出版发行：	北京工业大学出版社
	（北京市朝阳区平乐园100号　邮编：100124）
	010-67391722（传真）　bgdcbs@sina.com
经销单位：	全国各地新华书店
承印单位：	三河市元兴印务有限公司
开　　本：	880毫米 ×1230毫米　1/32
印　　张：	4.5
字　　数：	80千字
版　　次：	2021年7月第1版
印　　次：	2023年8月第2次印刷
标准书号：	ISBN 978-7-5639-7971-4
定　　价：	25.00元

版权所有　翻印必究
（如发现印装质量问题，请寄本社发行部调换　010-67391106）

序

致敬英雄：人类共同的精神渴望

英雄，是铭刻在民族成长历程中的一个个印记，标记着民族生生不息、奋进向前的过往。

英雄，是烙刻在民族前进道路上的一个个星座，指引着民族不懈奋斗、追逐梦想的未来。

中国人民解放军建军近百年的奋斗历史，涌现了无数英雄模范，本书所选取的只是其中的一部分，然而编辑并阅读这些英雄的故事，仍然带给我们巨大的心灵冲击。

阅读英雄的故事，犹如在茫茫大海中航行时仰望天上的星辰，能够告诉我们人生的定位与前进的方向。虽然海波颠荡，我们却始终能够瞄准英雄们所映照的精神高地砥砺奋进，这精神又像是穿透黑暗与迷茫的抹抹灵光，昭示着我们每个人与国家民族共命运的至深道理。

阅读英雄的故事，仿佛重现了一代代军人为革命为建设战斗不息、鞠躬尽瘁的历程，让我们明白在这条血与火、汗与泪的奋斗道路上，什么叫作筚路蓝缕，什么叫作勇往直前；又仿佛是穿透这些英雄背后的历史与现实，让我们知道是什么支撑起一代代人的接力奋斗，一代代人的传承发扬。

阅读英雄的故事，好像就不自觉地融入英雄们的生命，让我们明白平凡与非凡看似在一刹那转换，其实居功至伟的背后是信仰与追求在内心的深厚积淀，是对奋斗目标的执着坚守与绝不动摇。让我们明白英雄不是成功学教科书里教出来的模式，是要融入时代的洪流中寻找自己的人生方向。

阅读英雄的故事，如同我们经历了那么多的历史大事，无论是战争年代还是改革开放时代，无论是烽火硝烟中面临生死考验，还是和平年代中居安思危，捍卫红色政权和国家安全的主题永远不变。英雄的精神光芒，也不应只属于他们个人，而是归于中华民族的精神血脉，融入人民解放军的红色基因，编辑进入铭刻于内心深处、抹不掉的中华民族伟大复兴的基因序列。

时代是造就英雄的最大最好舞台，"数风流人物，还看今朝"。阅读英雄故事，传承英雄精神，铸就英雄品格，成就英雄伟业，应当也必将激励无数青年一代建功立业，成为新时代的精神动力之一。

编者

2020年12月29日

目 录

"钢铁战士"麦贤得 …………………………………… 1

在20世纪60年代的火红岁月里,他与雷锋、王杰、欧阳海、刘英俊一样,家喻户晓。他苦练海军轮机兵技能,在伸手不见五指的暗夜,练就"夜老虎"的绝活。在被毛泽东誉为"蚂蚁啃骨头"的"八六"海战中,当横飞的弹片插入他的头颅,他以常人难以想象的毅力重新启动了停摆的战舰,坚守战位3个多小时,直至战斗胜利……他就是"钢铁战士"麦贤得。

当重装敌人突然来袭 ………………………………… 2
以钢铁意志坚守战位 ………………………………… 4
从来未曾改变的信念 ………………………………… 7

制胜深蓝马伟明 ……………………………………… 13

他长期致力于舰船电力系统领域的研究,取得多项重大创新成果,研制的舰船发供电系统、中压直流综合电力系统,使我国实现舰船动力从落后到引领的跨越;他带领团队在某技术领域取得重要突破，实现与世界强国同步发展，多型装备属国际首创；他攻克某颠覆性技术关键瓶颈，为我国锻造制胜深蓝的国之重器做出了突出贡献；他甘为人梯，培育英才，倾力打造一支特别能战斗、特别能创新的科研团队……即便我们用再朴素的语言去述说，他的人生仍然是一部波澜壮阔的英雄史：34岁破格晋升教授，38岁成为博士生导师，41岁成为中国工程院最年轻的院士，42岁晋升海军少将军衔……他就是中国工程院院士马伟明。

不研究装备，要我这个院士干什么？ …………………………… 14

让"中国制造"跻身世界高科技领域 …………………………… 17

甘为人梯，倾力打造创新科研团队 …………………………… 21

书写试飞传奇的李中华 …………………………… 26

试飞员，一个被称为和平时期离死亡最近的岗位。李中华，中国空军试飞员。尽管许多年前他就被很多人知晓，然而，今天重温他直面生死的试飞故事，那份震撼和感动依旧在心。在18年的试飞生涯中，李中华驾驶的都是最新型的飞机，执行的大多是极限飞行任务，到达的是别人从未涉足的飞行禁区。因而，每次试飞都是一次全新的挑战，每次试飞都有不可预知的风险。是什么让他一次次挑战极限？又是什么让他一次次创造奇迹？让我们一起走进李中华的试飞传奇。

与危险搏斗并战胜它，是试飞员的使命和光荣 …………… 27

只有敢于直面生死，才能挑战极限，勇争一流 …………… 31

目 录 ★★

中国空军只要还剩下一名试飞员，那一定是我……………… 34

"导弹兵王"王忠心……………………………………… 39

当兵30多年，有20多年他扎根一个连队，坚守一个岗位。他熟练操作3种型号导弹武器，精通19个导弹测控岗位，参加实装操作训练1300百多次，排除故障200余次，参与20余本教案和规程编写……其间，他造就了零差错、零失误的传奇。他就是火箭军某旅技术营导弹测控技师、一级军士长王忠心。官兵们都敬佩地称他为"导弹兵王"。"导弹兵王"有数不尽的荣誉，更有难以衡量的付出。在一个岗位上二三十年，王忠心时刻不忘自己的职责，对信念坚守如初。

他是当之无愧的"操作王"……………………………… 40
他把导弹电路"刻"进脑子……………………………… 44
他的信念是当好一辈子兵……………………………… 48

筑梦太空景海鹏……………………………………… 53

他先后执行神舟七号、神舟九号、神舟十一号载人飞行任务，是中国飞得次数最多、时间最久、高度最高的航天员。从1998年正式成为中国预备航天员开始，10年准备，他用坚持铸就飞天奇迹。20年初心不改，他的心中永远激荡着探索的勇气。"使命重于生命"，这样的信念，让他一次次把困难踩在脚下，将生死置之度外；探索永无止境，这样的追求，让他一次次谱

3

写着飞天壮举,刷新着攀登的高度。他就是中国人民解放军航天员大队特级航天员景海鹏。

三度飞天,圆梦太空……………………………………… 54

几多艰险,逐梦太空……………………………………… 57

不断求索,筑梦太空……………………………………… 60

"核司令"程开甲 ……………………………… 65

  放弃国外优越的条件,他选择回到一穷二白的祖国;投身国防科技建设,他举家搬到大漠戈壁。他是我国核武器事业的开拓者和核试验科学技术体系的创建者之一,他参与主持、决策了我国第一颗原子弹、氢弹、导弹核武器、增强型原子弹,以及地面、空投、地下平洞、竖井等数十次核试验,是中国指挥核试验次数最多的科学家;他创立了中国自己的系统核爆炸及其效应理论,为我军的核武器应用奠定基础……与石破天惊的事业相比,在近40年里,他的名字不为人们所知。中国"两弹一星"功勋科学家、"八一勋章"获得者程开甲院士,告诉我们什么是家国使命、责任担当、忠诚奉献。

隐姓埋名,为国铸盾……………………………………… 66

不畏艰险,舍身求真……………………………………… 70

拳拳之心,殷殷之情……………………………………… 73

青蓝相继,薪火相传……………………………………… 75

目录 ★★

"活着的王成"韦昌进 ·············· **79**

"也许我告别将不再回来,你是否理解?你是否明白?也许我倒下将不再起来,你是否还要永久的期待?如果是这样,你不要悲哀,共和国的旗帜上有我们血染的风采……"还记得20世纪80年代这首红遍大江南北的《血染的风采》吗?"为了胜利,为了阵地,向我开炮!"还记得20世纪80年代曾被绘制成连环画的那个"王成式的英雄"吗?对,他就是韦昌进。

在1985年7月西南边境的一次防御作战中,不满20岁的韦昌进在右胸被弹片击穿,左眼球被弹片打出,全身22处负伤的情况下,只身坚持战斗7个多小时。为歼灭爬上阵地的敌人,保住阵地,他向排长呼唤炮火打击阵地,不惜与敌人同归于尽。韦昌进和他的战友用青春与生命书写了一曲《血染的风采》,也唱响了一个时代血染的风采。

无名高地上的坚守 ·················· 80
为了阵地,向我开炮 ················ 83
伤好之后,重返战场 ················ 87

"天山卫士"王刚 ················· **92**

他出身于新疆阿克苏一户普通农民家庭。1990年,发生在南疆的那场武装暴乱深深刺痛了他。那一年,他18岁,即将高中毕业。1991年12月,他放弃考大学的梦想,毅然选择参军,成为驻守南疆的一名武警战士。1995年3月,入伍第4年,作为支队最优秀的反恐特战队员，他被破格提干。4年后，他又以过硬的素质，先后被任命为支队特勤中队中队长，武警新疆总队某支队支队长。他就是"中国武警十大忠诚卫士"之一、"八一勋章"获得者王刚，被誉为"天山战神""反恐尖刀"。王刚，何以获此荣誉与威名？

打出来的威名……………………………………… 93

拼出来的威名……………………………………… 96

训出来的威名……………………………………… 100

用生命捍卫祖国领土的冷鹏飞……………… 105

面对侵犯祖国领土的敌人，他和战友们在冰天雪地里设伏；战斗中，他将指挥所设在阵地最前沿，采取灵活机动的战术击退敌人一次又一次进攻；在左小臂中弹折断的情况下，他用树枝绑住胳膊继续战斗……1969年，在东北边境爆发的珍宝岛之战，让一个小岛成为世界关注的焦点，也让英勇果敢、冲锋在前，用生命捍卫祖国领土的指挥员冷鹏飞家喻户晓。冷鹏飞——一个从战火硝烟中走来的老兵，一个用生命践行信仰的英雄。

冲突缘起………………………………………… 106

冲锋在前………………………………………… 109

本色不改………………………………………… 113

"缉毒神探"印春荣 …………………………………… 117

"我是一个警察。"在电影《无间道》中，当梁朝伟饰演的陈永仁说出这句经典的台词时，道出了一个警察对自我身份的坚守。印春荣，缉毒警察。作为一线侦查员的他，需要经常深入虎穴。他不知扮演过多少次老板，充当过多少次"马仔"。对大多数人来说，一次与死神擦肩而过的经历就足以刻骨铭心，他却数十次面对毒枭的枪口，30多次打入贩毒集团内部。一次次死里逃生，这个身高只有一米六四的男人，如何在禁毒战场上历经血与火的考验，又是如何创造惊心动魄的缉毒传奇？

现实版本的《无间道》 …………………………………… 118
生死一线凭什么制胜 …………………………………… 120
只为多查获一克毒品 …………………………………… 123
那些无声付出与坚守 …………………………………… 127

"钢铁战士"麦贤得

在20世纪60年代的火红岁月里,他与雷锋、王杰、欧阳海、刘英俊一样,家喻户晓。他苦练海军轮机兵技能,在伸手不见五指的暗夜,练就"夜老虎"的绝活。在被毛泽东誉为"蚂蚁啃骨头"的"八六"海战中,当横飞的弹片插入他的头颅,他以常人难以想象的毅力重新启动了停摆的战舰,坚守战位3个多小时,直至战斗胜利……他就是"钢铁战士"麦贤得。

当重装敌人突然来袭

20世纪60年代初，台湾国民党当局推行所谓的"国光计划"，妄图"反攻大陆"。蒋介石下令，在3个月内完成所有反攻作战的计划与战备，并不时来大陆袭扰。然而，不管是空投着陆的武装特务，还是从海上实施偷袭的小股武装，以及两栖突击的特种突击队，都连遭覆灭的命运。

▲轮机兵麦贤得在自己的战斗岗位上

1965年，台湾国民党军袭扰大陆的行动已进入第四个年头。在利用小型船只进行的小股袭扰行动连续被挫败后，为鼓舞士气、扩大影响，从这年的下半年开始，台湾当局动用大型海军战斗舰艇，在海上进行袭扰行动。

1965年8月5日，是解放军南海舰队汕头水警区的官兵们补休"建军节"的日子。就在他们观看电影时，银幕上突然出现一行大大的字幕，"老海，你家中有事，请速回家"。

其时，麦贤得是汕头水警区护卫艇第41大队4中队611护卫艇上的一名轮机兵。看到这行字幕，他马上警觉起来。他知道，这是部队命令马上返回的暗号。看来，是有紧急任务了。麦贤得赶紧走出放映厅，一路向海军码头跑去……

同一天清晨，国民党海军巡防第2舰队"剑门"号和"章江"号猎潜舰由台湾左营港起航。"剑门"号，大型猎潜舰，标准排水量890吨，满载排水量1250吨，航速每小时18海里，舰上装备有1门76.2毫米炮、4门40毫米炮和1部雷达。这艘军舰原名"巨嘴鸟"号，为美军舰艇，3个多月前由美国驶抵台湾。"章江"号，小型猎潜舰，标准排水量280吨，满载排水量450吨，航速每小时14海里，舰上装备有1门76.2毫米炮、1门40毫米炮、5门20毫米炮、1座76.2毫米火箭（组）、4座深水炸弹投射器，以及1部雷达。这艘军舰原系美军猎潜舰，1954年6月由美国驶抵台湾后编入国民党海军，作为巡防第2舰队的旗舰。

根据国民党老兵的回忆，这一天与以往不同，猎潜舰上出现了几个陌生人。他们不说话，显得很神秘。实际上，这次军舰上出现的神秘人物共7个人。他们隶属台湾"陆军特别情报总队"，此次随舰队出发，一是准备袭击解放军的雷达站，二是搜集情报，三是一旦条件允许，抓几个俘虏带回去。没过多久，几个神秘人居然换上了解放军的服装……

"剑门"号和"章江"号上的船员并不知道他们的身份，只是负责把这几个人送到福建省东山岛。

其实，国民党"剑门"号和"章江"号刚驶出左营港80海里，就被解放军的雷达盯上了。解放军南海舰队获悉这一情况，立刻派出6艘鱼雷艇和4艘护卫艇做好战斗准备。当时麦贤得所在的611护卫艇全体官兵迅速集结，回到自己的岗位上。麦贤得以最快的速度返回611护卫艇后，熟练地给艇加油、加水、检查机器，之后又帮助炮班扛炮弹……战艇已经准备好，随时可以出发应战。

以钢铁意志坚守战位

8月5日深夜，解放军几艘护卫艇全速前进。海上风浪很大，排水量只有100多吨的护卫艇在海面上剧烈颠簸，随时都有倾覆的危险，但护卫艇还是开出了最高速度。海面上一片漆黑，麦贤得感觉什么都看不见，他和战友们连呼吸都十分谨慎，好像大口呼吸、大声说话，就会被敌人发现。舰艇上的很多人都是新兵，此前没有海战经验。经历过那场战争的戴寿怀至今仍感慨万千，"这个时候，人们的思想才真正地意识到，真正要打仗了……确实是紧张啊，他们（国民党军）的装备比我们强得多、大得多，他们的军舰也比我们大，他们一艘军舰等于我们10艘军舰"。

敌我双方的舰艇越来越近。8月6日凌晨2点，国民党军"剑门"号和"章江"号发现了解放军的舰艇。"剑门"号随即向台湾左营基地发去电报：发现快艇4艘，小型目标6艘，准备进攻。与此同时，在福建省东山岛兄弟屿的东南海域，解放军海军参战部队已经接近敌舰"章江"号。突然间，炮声四起，炮口发射出刺眼的光亮，一场海战打响了。

海面上火光闪闪，炮声阵阵。高速行驶的快艇编队在炮火中飞速穿梭，在巨浪里左右摇摆，冒着密集炮火曲折前行，迅速向敌舰扑了过去。时任海军汕头水警区副司令员孔照年是"八六"海战的指挥员。他默默提醒自己，我方的艇小、炮小，远距离炮战肯定不行，一定要沉着再沉着，镇定再镇定，利用夜幕的掩护打近战。在敌炮激起的冲天水柱面前，孔照年命令护卫艇编队全速前进，逼近敌舰再打，并下令"三不打"：没有命令不准打，看不清目标不准打，瞄不准目标不准打。

▲ "八六"海战，人民海军击沉国民党舰艇

电光火石间，解放

军的战斗艇距"章江"号只有200米了。孔照年下令:"开火!"急促的炮声响起,艇身剧烈摇晃,凌晨2点51分,"章江"号中弹起火。船舱中欢呼声四起,就在此时意外发生了。麦贤得原本死死盯着前方敌人炮火的位置,突然,他感到自己所在的611护卫艇不动了。原来,敌人炮弹击中了611艇的艇底部分,动力舱开始进水。千钧一发之际,麦贤得大喊着跑到后左主机的位置,他知道,必须马上启动机器。这时,机舱发出两声巨响,611艇开始不断摇晃。敌人的两颗炮弹打进机舱,一发落在了前机舱,另一发落在了后机舱。两声巨响过后,麦贤得倒了下去。一块高速飞行的高温弹片打进他的右前额,穿过大脑,一直插到他左侧靠近太阳穴的额叶里……就在这紧张时刻,奇迹发生了。当敌人的又一发炮弹打来时,麦贤得被巨大的声响惊醒,他居然站了起来。时任611艇轮机组班长的黄汝省回忆:"当我们的指导员给他包扎的时候,他不让包……包好以后,让他坐下不要动了,但是指导员一走开,他又要来检查机器。"

　　麦贤得下意识地想要睁开双眼看清楚机舱内的情况,可是任凭他怎么努力,眼睛始终都睁不开,鲜血已经黏住了他的眼睫毛。船还在剧烈晃动,炮声依然声声震耳。黑暗中,他一步步摸索着走向前机舱,跌倒了就爬,过舱洞就钻……此刻,麦贤得平时引以为傲的"夜老虎"本领派上了用场。

他一颗一颗螺丝、一个一个阀门、一条一条管道,依次挨个手触检查。最后,在几十条管路、数不清的螺丝里,他检查出一颗拇指大小被震松的螺丝。麦贤得用扳手将螺丝拧紧,并用身子顶住移位的波箱,用双手狠狠压住杠杆,使推进器复原。终于,机器运转起来,611护卫艇恢复了动力……

此时,其他舰艇仍在作战。经过激烈的短兵相接,国民党"章江"号已经失去了抵抗能力,解放军海军战斗艇乘机组织第五、第六次冲击,"章江"号终于中弹爆炸,沉入海底。击沉"章江"号后,解放军海军战斗艇又对"剑门"号展开攻击。8月6日早晨5点刚过,各舰艇集中火力,猛烈射击,解放军快艇第二梯队在护卫艇掩护下,施放鱼雷10枚,3枚命中。就这样,"剑门"号也沉没了。一场耗时3小时43分钟的海战终于结束了。这是新中国海军成立后,又一次海上作战的胜利,毛泽东把这一仗称作"蚂蚁啃骨头"。

从来未曾改变的信念

得知战斗胜利结束,麦贤得倒下了。他的伤势十分严重,一块长7厘米、宽2.5厘米、厚2.5厘米的弯钩状弹片还留在他的脑中,他被送往汕头市人民医院进行紧急抢救。麦贤得身体右侧偏瘫，脑组织严重损坏，昏迷不醒……

1965年8月17日，北京人民大会堂。海军汕头水警区副司令员孔照年等"八六"海战参战代表受到了周恩来、贺龙、罗瑞卿，以及海军领导萧劲光、张爱萍、徐立清、张学思等人的接见。在孔照年汇报了战斗经过后，周恩来关切地问："这次不是有一个轮机兵受伤了吗？头部负了重伤还把艇开回来了，了不起啊！他的伤怎么样了？""麦贤得现在还昏迷不醒。""一定要全力抢救。你们回去，向伤员、牺牲同志的亲属，转达党中央、毛主席对他们的问候。"

在周恩来的指示下，全国各地的医疗专家紧急赶赴广州军区总医院，抢救转院至此的麦贤得。麦贤得一直昏迷不醒。同住在一个病房的老班长黄汝省等啊等，"几乎是一个多月后，麦贤得终于醒过来了！"当年这一激动人心的场景，黄汝省记忆犹新。那一天，当医院广播里播放《大海航行靠舵手》的歌曲时，守护在麦贤得床前的护士忽然听到，一直昏睡的麦贤得居然含含糊糊地哼着这首歌的旋律！"麦贤得醒过来了！麦贤得醒过来了！"欣喜若狂的护士边哭边喊，一路飞奔出去找医生、叫院长。这一喜讯随之传遍整个医院、整个部队，大家奔走相告，为英雄终于战胜死神而兴奋欢呼！

虽然生命暂时脱离了危险，但麦贤得脑部重创留下了严重的后遗症。凭借顽强的毅力和革命乐观主义精神，麦贤得把战胜伤痛、恢复健康当成一场特殊的战斗。为了使右手摆脱完全麻痹的状态，他艰难地顺着横杆一格一格地往上爬；右手不

麦贤得在医护人员的帮助下，进行康复训练

能写字，他坚持用左手写；刚能下床走动，他就再不让护士为他端屎端尿，坚持自己上厕所，摔倒了自己爬起来；早晨一听到起床号，他就自己穿衣服、叠被子，喊着"一二一"口令，进行队列练习……在抗击伤病的过程中，麦贤得的内心始终秉承着一个信念："要战胜病魔，做一个有用的人。"医护人员感叹：麦贤得不愧为"钢铁战士"，浑身上下好像钢铁浇铸一般。医生经过反复会诊，一年内为麦贤得进行了4次手术，修补脑脊液漏口和受伤颅骨，把有机玻璃植入左右额的弹孔里，保护脑组织。

英雄醒来，他的故事在华夏大地广为传颂。麦贤得的英雄事迹被写成长篇通讯《钢铁战士麦贤得》，在《人民日报》《解放军报》等报刊上发表，被创作成宣传画、连环画、快板、歌曲、话剧，还被编进小学课本。宣传画上，头缠绷

带、身着海魂衫、目光坚毅的水兵形象，固化在20世纪60年代的群体记忆中……

1945年，麦贤得生于广东一户普通的渔家。1964年3月，他参了军，之后被分配到汕头水警区，成为一名轮机兵。对麦贤得而言，能成为一名中国人民解放军海军士兵，光荣莫过于此。看到战友们每天站岗放哨，戒备森严，麦贤得告诉自己，必须时刻处于备战状态。

麦贤得文化程度不高，但学习非常刻苦。一到星期天、节假日，他便一个人躲到山顶上，钻研机电原理，熟悉轮机术语，强记大量数据。在军事训练中，他严格要求自己。夜战、近战一直是人民军队克敌制胜的一个法宝。老战士都有一项训练，那就是在无照明条件下熟练操作舰艇机舱里的装备，这项训练对新战士不做要求。但是，麦贤得坚决要求参加训练。老战士练，他就跟着看、用心学。训练时，麦贤得蒙上眼睛，模仿夜间战斗环境，用手触摸611艇上的每颗螺丝、每个阀门、每一条管道，直到熟悉它们的位置、高度，甚至他能从触摸中得知螺丝是否在原来的位置。这种特殊训练叫作"夜老虎"。那时的麦贤得并不知道，他练就的"夜老虎"本领真的能在战场上派上用场，他更没想到，"夜老虎"能够影响一次重大海战的战局。

1966年2月，麦贤得被国防部授予"战斗英雄"荣誉称号。然而，每当麦贤得看到别人在表格里帮他填写"战斗英雄"的称号时，他都会将其画掉，重新填上"勤务兵"的字样，然后反问人家："你有没有为人民服务？"在麦贤得的脑海深处，永远藏着"人民利益高于一切"的坚定信念。

1967年12月，在北京人民大会堂，毛泽东、周恩来接见了麦贤得等4000多名海军代表。随后，毛泽东又在人民大会堂小会客厅单独接见了麦贤得。

1987年建军60周年，全军英模代表大会上，麦贤得的名字大放异彩！中央电视台播出其英雄事迹后，全国各地的信件像雪片般飞来。

2007年建军80周年，麦贤得出席全军英模代表大会，在参观中国革命军事博物馆时，见到了当年从他脑中取出的两块弹片……

2007年，麦贤得从广州海军基地某部副司令员岗位上退休。退休以后，他始终感恩党和人民给了他第二次生命。钟情书法的他，一直把自己写的"精忠报国"4个字摆在案头勉励自己，平时写得最多的则是"永做小小螺丝钉"。麦贤得这样写，也是这样做的。他常年坚持参加军地各种公益活动，到部队、学校、企业、厂矿进行革命传统教育。药商提出，可以长年为他免费供药并提供一笔可观的酬金，希望他能为药品"说好话"，被麦贤得严词拒绝。在他看来，"拿

▲ 退休后，麦贤得常年参加军地的公益活动

着党和人民给予的荣誉去换取金钱，就等于叛变和堕落"。

2017年7月28日，北京八一大楼，中央军委主席习近平向10名英雄颁授首批"八一勋章"和证书，排在第一位的就是麦贤得。退休10年后，他再次穿上雪白的海军常服，坐在轮椅上，被推向习近平。这勋章，是共和国对一位誓死捍卫国家统一和领土完整的英雄的最高奖赏！

战斗的创伤抹去了他的很多记忆，他"忘"了自己，但共和国记住了他——麦贤得。

制胜深蓝马伟明

他长期致力于舰船电力系统领域的研究，取得多项重大创新成果，研制的舰船发供电系统、中压直流综合电力系统，使我国实现舰船动力从落后到引领的跨越；他带领团队在某技术领域取得重要突破，实现与世界强国同步发展，多型装备属国际首创；他攻克某颠覆性技术关键瓶颈，为我国锻造制胜深蓝的国之重器做出了突出贡献；他甘为人梯，培育英才，倾力打造一支特别能战斗，特别能创新的科研团队……即便我们用再朴素的语言去述说，他的人生仍然是一部波澜壮阔的英雄史：34岁破格晋升教授，38岁成为博士生导师，41岁成为中国工程院最年轻的院士，42岁晋升海军少将军衔……他就是中国工程院院士马伟明。

不研究装备,要我这个院士干什么?

20世纪90年代初,我国研制新型常规潜艇,需要进口高效能的十二相整流发电机系统。在与外商的技术谈判中,我方提出该型电机系统存在"固有振荡"问题,对方不屑一顾,傲慢地表示,自己的产品不存在问题。

这件事对马伟明刺激很大,没有科技的强大,中国就谈不上真正强大,而科技的强大是多少钱都买不来的,唯有靠中国人自己发愤图强,真正掌握核心技术,才能在世界高技术领域占有一席之地。

▲ 马伟明介绍科研成果

马伟明带领课题组用仅有的3.5万元经费造了两台小型十二相电机，在洗漱间改造的简陋实验室里开始了研究。1800多个日日夜夜，他们拆了装，装了拆，测量、记录、分析，仅实验记录和报告就堆了半间屋子。在对数十万组数据综合分析的基础上，终于查明原因，成功研制出带整流负载的多相同步电机稳定装置，发明了带稳定绕组的多相整流发电机，从根本上解决了"固有振荡"难题。

再次与外商谈判，对方派出一个10人的高规格谈判代表团，其中8人是具有总设计师、总工程师头衔的资深电机专家。当马伟明指出该类电机系统存在的设计缺陷时，外方首席专家狡辩，"你的理论太离奇，我们听不懂"，说完转身要走。马伟明强压怒火，直视对方，一字一板地说："先生，我们是在讨论科学，你不懂，我可以教你！"

"你不懂，我可以教你！"欣闻此言，马伟明的恩师张盖凡教授激情难抑："当年，我们和外国专家打交道，不知看了多少白眼，受了多少窝囊气。那时，我们技不如人，受制于人，为了学点东西，只能忍气吞声。现在，我的学生敢对外国权威专家说'你不懂，我可以教你'，这是一个划时代的变化，说明中国新一代科技人才已经在世界高科技舞台上挺起腰杆！"

很快，外商就从德温特世界专利索引（DWPI）中得到证实，在"带整流负载的多相同步电机稳定装置"的发明专利条目下，赫然标注着发明人为马伟明等。于是，外商又提出"私下交易"，要马伟明帮他们解决"固有振荡"，被马伟明严词拒绝。

此后，这家公司不得不将原来视为核心机密的整套设计图纸送交中方审查，并花高价购买中方的专利。从对中方进行技术封锁到向中方购买专利，从傲慢无礼到请求帮助解决技术难题，这一富于戏剧性的变化说明，中国人完全有能力赶超世界先进水平！

马伟明和他的团队秉承一个信念：只要海军装备建设需要，再大的风险也要去闯，再硬的骨头也要去啃，再重的担子也要去挑。

那年，一艘刚服役不久的某型潜艇的动力系统出现故障，严重影响了部队的正常训练。设计方进行调查后，断定是制造方的工艺问题，而制造方则认为根子出在设计本身。此时，正是装备形成战斗力的关键时期，部队官兵心急如焚。马伟明闻讯后连夜飞到北京，径直找到海军首长说："请首长把任务交给我！"

在别人眼里，这是一块"烫手山芋"，不仅技术风险高，而且费力不讨好，一旦查出问题来，就会得罪人。马伟明的解释掷地有声："我是海军的院士，装备出了问题，我不去研究，海军还要我这个院士干什么？"

经过几十个日夜近千次的反复试验之后，马伟明他们终于模拟出了与故障装备完全相同的故障形态。很快，一套详细的技改措施连同整个事故的分析报告送到了上级机关，"趴窝"3个月的潜艇又重新起航了。从此，同类的故障再也没有在该型潜艇上出现过。

让"中国制造"跻身世界高科技领域

舰船综合电力系统是舰船动力平台的第三次革命。它将日常供电、电力推进供电和现代高能武器供电三者合而为一，由于取消了传统的机械推进装置，从源头上降低了声隐身问题的解决难度，同时为电磁轨道炮、激光炮等新概念武器上舰创造了条件。20世纪80年代，美、英、法等发达国家就开始研发这一系统，21世纪初，已进入实船应用阶段。2009年7月服役的英国45型驱逐舰，是世界上首艘采用中压交流综合电力系统的水面主战舰艇。

21世纪初，马伟明团队联合国内十多家科研院所和军工企业，展开课题攻关。但是，其中负责一个重要分系统研究的单位几年来一直没有取得突破性进展。本来就比别人落后了20年，如果再停滞不前，差距就越来越大。在普遍认为不可能短时间内取得突破的情况下，马伟明横下一条心，毅然带领团队投入该项关键技术研究，不到4年时间，完成了最关键的电力推进子系统的理论分析、样机制造、系统集成，以及功能试验考核，全面突破了新型感应推进电机和新型变频器的核心技术。他们在国际上率先提出并研制成功中压直流综合电力系统，技术水平不仅反超，而且领先国外10年以上。该路线也成为英美强国下一代综合电力技术发展的选择方向，仅此就实现了我国舰船动力从落后到引领的跨越。

某项尖端技术是未来新型主战舰船标志性的核心技术，近年来引得世界海军强国争相发展。马伟明团队瞄准前沿，主动作为，自筹资金对这个项目进行自主研发。有人劝他："一个世界科技大国斥巨资历时十几年都没有完成的项目，你还要强攻硬上，是不是疯了？你现在已经功成名就，万一搞砸了，就可能债务缠身，身败名裂！"

马伟明不是不知道风险很大，但搞科研就得担风险，况且是国防建设急需。五年里，马伟明和他的团队连续攻关，历经无数次的失败，终于在2008年研制成功小型样机，接着又做出了1∶1单元设备样机，突破了全部关键技术，实现了与世界最先进技术的同步发展。当7位院士、80多位著名专家学者前来参加成果鉴定时，一位白发苍苍的老专家抚摸样机，激动得流下热泪。

"二战"以来，各国海军一直致力于高性能潜艇的研制。但由于潜艇空间狭小，承载重量受限，一直没有理想的办法为其提供体积小、重量轻、容量大、效率高的交直流电源。当马伟明团队率先提出用一台电机同时发出交流、直流两种电的设想时，电机界普遍认为这是天方夜谭——"全世界都没有做出来""西方发达国家都认为这条路是走不通的"……

搞技术创新，就是要人无我有，人有我优。经过充分论证，马伟明团队首次提出电力集成的技术设想，经过16年刻苦攻关，终于研制出了世界上首台交直流双绕组发电机系

▲ 马伟明（右三）现场指导工作

统。该产品21世纪初通过鉴定，正式生产装备部队。从此，中国潜艇真正拥有了中国人自己设计制造，并具有自主知识产权的"中国心"！

受此鼓舞，马伟明带领团队马不停蹄，向第三代集成化发电系统的研制发起全面冲击，多项关键技术被突破，高速感应电机系统很快研制成功。这一创新成果的研制成功领先于美国，确立了我国在该领域的国际领先地位。

在电机研制过程中，马伟明团队注意到，由于国外垄断，中国需要为风力发电的主要设备付出昂贵的购买费用，便决心利用已掌握的相关技术打破垄断。经过两年多的努力，他们成功研制出大功率风力发电变流器，其性能指标均优于国外同类产品。消息一经公布，立即在世界上引起强烈反响，国外一台风力发电变流器对中国的销售价格，从230万元一路跌至90余万元。这项技术对于我国新能源的开发利用具有划时代意义。

三代新型供电系统电机和风电关键设备的研制经历，使马伟明更加坚信，欧美国家在电气工程领域的垄断不是打不破的，在核心技术上超越欧美也不是不可能的，落后不是中国的代名词，只要坚持不懈地自主创新，不断提升核心技术的研发能力，就一定能增强国家核心竞争力，实现真正意义上的超越！

"我的想法很简单，就是要让'中国制造'在世界高科技领域占有一席之地。"这是马伟明内心最朴素的愿望。为此，他要求团队选择每个科研课题都要做到"顶天立地"。"顶天"就是站在国际科技最前沿，选择关系国防装备发展重大需求的研究方向；"立地"就是结合实际装备需求，让研究成果迅速转化为生产力和战斗力。

甘为人梯，倾力打造创新科研团队

有人问马伟明，你最缺的是什么？他说是时间。

2008年入秋后，为了赶科研进度，他连轴转了几个月，感冒咳嗽也伴随他几个月。医生诊断他是极度的疲劳综合征并安排住院，他却一天也没住过，每天输完液就往实验室跑。就是这样，他也没坚持几天，最后连每天几小时的输液也不愿去了。在他看来，"太浪费时间了，还白白花掉一大笔病房费"。

"与世界发达国家相比，我们的很多技术，特别是关键技术存在着一代甚至几代的差距。因此，我们必须与发达国家赛跑，与时间赛跑，外国十几年搞出来的东西，我们必须在更短的时间内，发挥后发优势搞出来。"2010年底，因被评为"全国十佳优秀科技工作者"发表感言时，马伟明如是说。

20多年来，人们形容马伟明团队的制胜之道，是"5加

2"（工作日加双休日），"白加黑"（白天加黑夜）精神。有人计算过，马伟明每年的工作量相当于正常人的2.5倍。按他目前承担的科研任务，就是再过10年，他也挤不出一个休息日。

有人问马伟明，你最担心的是什么？他回答：人才断档，后继乏人。他时时提醒自己，生命有尽头，事业无止境。唯有把培养后人、提携后学作为神圣职责，事业才能延续。他自己能有今天的成就，就离不开恩师的悉心栽培。

1960年4月，马伟明出生在江苏扬中。在海军工程大学读本科时就显现出的科研天赋，让一个人始终没有忘记马伟明，他就是张盖凡教授。在张教授的努力下，马伟明毕业后被调回海军工程大学，从此走上科研创新之路。张教授成了

▲ 马伟明给团队授课

影响马伟明一生的人。对马伟明影响最深的,是张教授甘当人梯的精神。用海军工程大学电力电子技术研究所研究员孟进的话说:"他(马伟明)愿意更多地把老先生这种为人、为师、为研究工作者的作风,直接传承下来。"

马伟明说:"只要稍微歇口气,别人就会跑到我们前面去,必须抓住机遇,再拼个10年、20年,出一批世界先进水平的研究成果,培养一批在国内外有影响的学科带头人。"

人才是创新的核心要素。马伟明鼓励年轻人在重大课题攻关中施展才华。2002年,马伟明将国家"十五"某重点预研项目的关键技术,交给了时年只有23岁的研究生王东组团攻关,由王东执掌主设计师一职。经过10年奋斗,这项重

▲ 马伟明(右三)与团队一起科研攻关

大研究取得圆满成功。如今，王东已成为研究所集成化发电方向的首席专家，还被遴选为全军高层次科技创新人才工程学科领军人才培养对象。

中科院物理研究所硕士研究生赵治华调入马伟明团队后，马伟明为他投了不止1000万元。然而，3年时间，赵治华没搞出一个课题，没有出一个成果，没发表一篇论文。人们觉得这小伙子可能不行。到第4年，赵治华发表了第一篇论文，立即在国际上引起轰动。如今，赵治华已经成长为重点实验室电磁兼容研究方向的首席专家。

马伟明说："培养人才，我不着急看一时的成功或失败，我要看这一年你是不是穷尽了所有可能的办法。只要你努力了，即便结果是失败的，我仍然会给你很高的分，用你的努力来给你定岗位津贴。"

马伟明团队用系统规范的制度机制盘活各类人才，每个人的岗位职责明明白白，有为就有位，能唱就有台。上自院士、首席专家，下至刚加入的博士、硕士，没有亲疏之分，没有新老之别，干得好得到重用，干不好必遭淘汰。马伟明的一个学生，基础很好，就是不安心，难以适应紧张高速的工作节奏，马伟明忍痛拍板予以淘汰。

如今，马伟明团队从当初只有5个人的科研小组，发展为荟萃了近百名科技精英的国家级科研创新团队，成员平均年龄只有35岁,像王东和赵治华一样,不少年轻人都已在重大科研项目中领衔担纲,有的甚至在国际科技界崭露头角。2016年,马伟明团队获得2015年度国家科学技术进步奖创新团队奖。

"我甘为人梯,培育英才,为科研人员提供施展才华的机会,倾力打造了一支特别能战斗,特别能创新的科研团队……"马伟明是这么说的,也是这么做的。这么多年来,马伟明的行程都是按着精确预设的时间段来安排的。他节约的每一分钟,都用在了工作上,用在了科研创新上。

书写试飞传奇的李中华

试飞员,一个被称为和平时期离死亡最近的岗位。李中华,中国空军试飞员。尽管许多年前他就被很多人知晓,然而,今天重温他直面生死的试飞故事,那份震撼和感动依旧在心。在18年的试飞生涯中,李中华驾驶的都是最新型的飞机,执行的大多是极限飞行任务,到达的是别人从未涉足的飞行禁区。因而,每次试飞都是一次全新的挑战,每次试飞都有不可预知的风险。是什么让他一次次挑战极限?又是什么让他一次次创造奇迹?让我们一起走进李中华的试飞传奇。

与危险搏斗并战胜它，是试飞员的使命和光荣

在李中华看来，试飞员遇险不足为奇，平安无事才不可思议。与危险抗争、搏斗，直至战胜它，是试飞员的使命，更是试飞员的光荣。

▲李中华登机待飞英姿

2003年12月1日，李中华继续挑战歼-10飞机的极限速度。在飞机定型前，只剩下低空大表速飞行这块最难啃的骨头了。所谓低空大表速飞行，是在低高度和气动载荷极限的情况下，考核飞机的结构强度和颤振特性。低高度的时候，大气很稠密，气动载荷增加很快，一旦控制不好或出现意外，超过这个临界点，飞机就会出现振动发散、结构破坏现象，严重时可能解体。国外试飞同类课目，摔过数十架飞机，牺牲过数十位试飞员。

对李中华来说，这又是一次直面死神之旅。机务人员默默地帮他把飞行装具准备好，默默地目送他起飞。

1.2万米高空，李中华驾机向下俯冲，随着速度不断增大，飞机的结构强度承受着严峻的考验。此前试飞中，时

速达到1270公里，飞机的前起落架护板严重撕裂变形；时速到1300公里，机翼前沿的铆钉被吸了出来；时速接近1400公里，机翼油箱开始渗油。谁都不知道每次加速过后，下一秒会是什么情形。一旦飞机解体，飞行员根本无法逃生。

座舱里安静得有些可怕，李中华几乎能听到自己心脏的跳动声。他把所有的感官都调动起来，判断飞机的状态和可能出现的情况……十多年后，回忆起那一刻，李中华说，"我觉得那一段时间特别煎熬，也感觉特别漫长"。

继续飞，随时都可能机毁人亡，但是，如果不能在空中发现飞机的缺陷，检验飞机的极限，歼-10就无法早日装备部队。李中华还在加速。速度表指针终于指向时速1450公里。飞机达到设计速度！李中华兴奋地向指挥员报告。终止动作时，速度表指针指到了时速1453公里（数据来源于李中华接受中央电视台采访时的介绍）。这是当时歼-10飞机的最快飞行纪录。

当李中华驾驶飞机平安着陆时，现场的领导和同志激动地跟他握手拥抱，不少人流下了泪水，"中华，你刚才上飞机我都不敢看，不知道你还能不能回来"。

2005年5月20日，李中华和战友梁剑峰驾驶国产三轴变稳飞机进行飞行员诱发振荡（Pilot Induced Oscillation，PIO）

的体验飞行。前一部分的试飞都很顺利。

意外发生在500米的空中。当飞机在500米高度放下起落架准备着陆时,突然故障报警灯亮了起来。飞机瞬间失去控制,紧接着一个翻滚,倒扣了过来,李中华二人顿时被倒悬在驾驶舱内。

飞机开始不断向下坠落,坐在前舱的梁剑峰大喊一声:"教员,飞机不行了!""你别动,我来!"李中华想都没想,说出了这5个字。他迅速采取措施,

▲成功处置空中特情后,李中华(右)与战友心情舒畅

想把飞机改平,可是,蹬舵,压杆,飞机毫无反应;关闭计算机电源,再重启,飞机毫无反应;按下操纵杆上的紧急按钮,飞机还是毫无反应……

如果没有后来一闪而过的灵感,2005年5月20日,也许就成为中国航空工业史上黑暗的一天。李中华他们驾驶的变稳飞机被誉为"空中试验室",因其技术含量特别高,世界上能独立研发此类飞机的国家寥寥无几。当时,中国也只有1架。

事后,中国飞行试验研究院的高级顾问张克荣表示,这

次飞行的险情来得太快太悬了，要不是处置得当，这架飞机肯定摔了。如果这架飞机摔了，很多科研进程都会受到影响。而且，科研人员几十年来的心血将付诸东流。

飞机左右摇摆着，继续向下坠落。气流声、呼啸声显得格外刺耳，水渠、麦田和河流，扑面而来……如果再找不到故障问题，接下来便是机毁人亡。

千钧一发之际，李中华突然想到可能是变稳系统在作怪。于是，他一把将右操纵台上的计算机、变稳、显控3个总电门全部关掉。顿时，飞机仿佛被点了穴位一样停在了那里。李中华迅速将飞机改平，把飞机从俯冲中拉了起来。此时，飞机离地面仅剩下200米！从飞机出现故障到将飞机定在那儿，李中华他们经历了生死7秒。

飞机改平了，但由于断电，地平仪、罗盘都无法工作。凭借着过硬的技术，李中华还是驾驶飞机成功着陆了。飞机保住了，宝贵的试验数据保住了。

尽管刚刚与死神擦肩而过，但李中华稍事休息，30分钟后又登机，开始新的试飞任务。李中华说："试飞员的一个特点，是要学会忘记。刚才遇到的事情，不能影响未来要做的事情。不到山穷水尽的时候，你依然要努力挽救飞机，因为你是试飞员，不能轻率地在没搞清楚（状况）的时候跳（伞）了，这是不负责任的。"

2017年2月，李中华退休，他的军事飞行时长定格在3150小时。在3150小时中，他处置过特大险情5次，重大险情15次。有人说，这就是与死神打了20个照面。

只有敢于直面生死，才能挑战极限，勇争一流

在向科研顶峰的攀登中，即便是前行一小步都异常困难，何况是跨越！当年，中国自行研制歼-10飞机，可以说是向世界航空先进水平的一次"跨越"。对于李中华等试飞员来说，试飞中国航空业的"跨越"之作，无疑是一种更为艰难危险的跨越。

作为我国自行研发的第三代战斗机，歼-10飞机的新品率超过60%，而国外研制类似的新机，新品率一般不超过30%。新品率越高，意味着未知数越多，试飞的风险越大。

"对国家投巨资研制的新型战机，我们就是拿着脑袋，也要把它飞

▲18年试飞，李中华完成57个一类风险课目

成雄鹰，决不能轻轻松松飞个'和平鸽'出来。"凭着这样的责任感和使命感，李中华完成了57个一类风险课目，一连飞出了歼-10飞机的6个极限值：最大飞行表速、最大动升限、最大过载值、最大迎角、最大瞬时盘旋角速度和最小飞行速度……依据李中华和战友们从"死神"手中拿回的数据，设计人员一步步使飞机的多项性能达到世界先进水平。

也正是因为意识到肩上沉甸甸的责任，在一类风险课目大迎角特性试飞中，本来计划30个架次的试飞，李中华通过对课目的重新编排，只用17个架次就完成了，为国家节约了大量的科研经费。由李中华倡议建立的信息化引导系统，使放飞能见度标准降低了2千米，试飞团全年飞行时间比原来增加了70天。

从美国的F-16、俄罗斯的苏-27，到法国的幻影2000，这些当时先进的战机，都毫无例外地在试飞阶段发生过机毁人亡的惨剧。然而，采用同一设计理念的歼-10，在试飞中创造了一架未损的奇迹。

个中原因，作为歼-10飞机试飞总设计师的余俊雅最为清楚："李中华他们不是机械、被动地试飞，而是完全掌握了飞机的灵魂。"

2002年5月6日，李中华试飞燃油课目。这个课目本没什么风险，只是对飞行技术要求非常高。这一天，李中华驾驶歼-10刚飞离机场150公里，突然发现液压表出现了晃动。直觉告诉李中华，飞机压力系统出了问题。

"我有些纠结，回去还是不回去。在当时看，回去没有任何理由，仅仅是你的经验和你的直觉告诉你可能会有问题，但是一旦有问题，是回不去的。如果判断有误，就会面对他人的指责，因为你没有完成任务。"

经过短暂的思量后，李中华请求返回。在返航途中，液压表的晃动逐渐加大，之后报警灯亮了，液压表下降的速度也越来越快。飞机落地以后，还没有脱离跑道，液压油就全部漏光了，飞机被迫停在跑道上……

对此，原中国一航航空产品部的部长晏翔说："李中华对飞机的理解，有时比设计者还深刻。"

由过去的被动接受试飞课目到主动参与试飞全过程，变"要我怎么飞，我就怎么飞"为"我怎么飞，为什么这样飞"，现代战机呼唤试飞员从根本上改变试飞理念，呼唤试飞员实现从技术型向专家型的转变。

采用国际通用的库伯·哈伯方法评定试飞等级，引入PIO敏感等级，把试飞战机的飞行参数、战技指标、性能做成图表，绘制出试飞曲线……可以"飞出与计算机模拟一样完美的曲线"的李中华，迅速成为飞机设计和试飞专家眼中"会飞行的工程师"。

"他已超越了传统意义上的试飞员概念，不仅能试飞，而且能参与飞机的研制,给科研人员提出修改意见。"变稳飞机总设计师赵永杰说。这也是李中华作为一名试飞员能获得两个国家科技进步二等奖的原因。

1997年,李中华第三次来到俄罗斯。这一次,他要征服的是被国际航空界称为"死亡陷阱"的顶级风险课目:失速尾旋。

专家解释这一课目时说,"就是飞机打着旋儿,像树叶一样往下掉"。这是飞行员最可怕的梦魇,而征服它,是世界顶级试飞员的标志。800转、600转、300转……随着发动机转速的降低,李中华迅速关闭限制器,断开飞机电传操纵系统,把机头拉起约20度时,猛地将驾驶杆抱在怀中……此时,地面上的人们看到,高空中的飞机像眼镜蛇一样高高地扬起机头,竟超过110度!"眼镜蛇机动"——李中华完成了这一世界顶级飞行员梦寐以求又胆战心惊的超级动作。

李中华坚信,"只有敢于直面生死,才能挑战极限,勇争一流"。

中国空军只要还剩下一名试飞员,那一定是我

1983年7月,李中华从南京航空航天大学毕业后,通过招飞入伍。1989年,空军决定从战斗机飞行员中挑选一批试飞

员。李中华得知消息，第一时间报了名，并顺利入选，成为我国首批双学士试飞员。

在李中华看来，如果能有机会始终站在航空发展的最前沿，带着自己的梦想去飞行、去实践，是一件特别幸福的事情。

1991年，他以全优的成绩毕业，成为担负我国新型战机试飞重任的首批试飞员之一。从进入中国试飞员学校学习时起，李中华就十分清楚，进入试飞这个新"空域"，常常要与风险相伴，与死神"掰手腕"。这种情况下要想不出问题，就必须不断地学习，不断地储备。

1993年，李中华和另外两名战友被选拔到俄罗斯国家试飞员学校深造。这期间，他们每天只睡五六个小时，用4个月时间学完了其他国家试飞员需要1年才能完成的课程，成为我国少数获得国际试飞员等级证书的试飞员，"苏-27失速尾旋""三角翼飞机失速尾旋"教员，以及能飞"眼镜蛇机动"的飞行员。

"万分之一的隐患，也会百分之百威胁试飞员的生命。"李中华说，试飞员要有对国家和军队极端负责的态度，否则，就不是一个真正的试飞人！

1997年9月24日，李中华和战友驾驶变稳飞机模拟歼-10飞机起飞着陆时的飞行控制率。如果试飞成功，这将作为我国自行研制的飞机第一次使用电传操纵系统着陆而被载入航空史册。

然而，在降至离跑道只有一米多高时，飞机突然发生意外震荡。经过严密分析，李中华认为这是纵向控制系统过于敏感所致。他随即向工程技术人员反映了这一情况，建议将纵向增益至少减少三分之一。然而设计人员认为，操纵灵活正是该型飞机的最大优点，不能减少增益。李中华坚持认为，不能为了突出飞机的机动性能，而增加无谓的风险。

整整两天，从飞行曲线和飞行参数论证到地面模拟实验，李中华最终说服设计人员将增益减少了40%。

2003年3月的一天，李中华驾驶歼-10战机进行迎角限制器试飞。飞机的迎角限制器是现代战机实现"无忧虑"操纵的必备系统，保障飞行员在空中做任何动作都不会因操纵

▲李中华（左三）和科研人员探讨有关试飞数据

过量，使飞机迎角过大进入不安全状态。当天，李中华做完一系列规定动作，迎角限制器都工作正常。为了测试迎角限制器的极限工作情况，李中华又做了两个他认为更有说服力的动作，瞬间，飞机抬头越过了限制……意识到这是一个严重问题，李中华向工程技术人员做了反映，许多人觉得不可思议。李中华决定用事实说话。在第二天的试飞中，他重复前一天的动作，同样的情况再次出现。最终，技术人员对飞机迎角限制器进行了改进。

"一旦这项技术指标固化到生产流程中，设计缺陷就将埋下飞行安全的后患。"时任中国飞行试验研究院副总设计师的于志丹说。李中华看似固执的表面下，是科学求实的态度和高度负责的精神。

把每次升空飞行都当成第一次，是李中华试飞生涯恪守的原则。多年来，他有两个雷打不动的习惯。

每次飞行前列一个详细的清单，把这次飞什么，怎么飞，可能出现的情况，该如何处理，一一写到卡片上，带上飞机。在李中华的办公室里，整整齐齐地码放着一摞这样的飞行卡片。1100多张飞行卡片，见证了李中华1100多次挑战极限的经历，记载了李中华1100多次搏击蓝天的思考。从事试飞18年，李中华没有因为身体原因影响过一次飞行，他的体重变化也一直控制在一斤以内。这缘于他常年坚持锻炼，科学饮食。

世界航空界有这样一些公认数据：一架新机从首飞到定型，试飞中平均17分钟出现一个故障；每型现代战机列装前，要完成数百个课目、数千架次飞行试验，伴随出现的各类故障数以千计；即便是世界"航空强国"，每一种新飞机试飞成功，都要摔掉几架……

▲李中华创造了试飞历史上一个又一个奇迹

2016年的一个数据显示，60多年来，中国空军试飞部队共完成160多型2万余架次国产飞机的试飞任务。3150小时飞行，参与10多项重大科研试飞任务，试飞57个一类风险课目，先后驾驶和试飞歼击机、轰炸机、运输机3个机种26种机型，从没报废过1个科研架次……这样的数据，令李中华的试飞生涯很是圆满。

"开最新的飞机，做最惊险的动作，出最有分量的数据。"33年的军旅生涯，最让李中华感到荣光和快乐的，就是当试飞员的日子。"我喜欢试飞，喜欢这种刺激的感觉。中国空军只要还剩下一名试飞员，那一定是我。"

"导弹兵王"王忠心

当兵30多年，有20多年他扎根一个连队，坚守一个岗位。他熟练操作3种型号导弹武器，精通19个导弹测控岗位，参加实装操作训练1300多次，排除故障200余次，参与20余本教案和规程编写……其间，他造就了零差错、零失误的传奇。他就是火箭军某旅技术营导弹测控技师、一级军士长王忠心。官兵们都敬佩地称他为"导弹兵王"。"导弹兵王"有数不尽的荣誉，更有难以衡量的付出。在一个岗位上二三十年，王忠心时刻不忘自己的职责，对信念坚守如初。

他是当之无愧的"操作王"

2013年3月5日上午,十二届全国人大一次会议在人民大会堂开幕。电视直播中,主席台上的一名军人引起人们的好奇:他肩上"扛"的不是将星,而是"四道拐"(形象说法,指一级军士长军衔标志)。

有人认出,这名军人就是王忠心。王忠心,火箭军(第二炮兵)某旅技术营导弹测控技师,一级军士长。一名士官能坐到全国人民代表大会的主席台上,不得不说,这是"牛人"一个。"牛人"总要有"牛"的资本。

内行的人知道,作为战略导弹部队,火箭军向来以高科技、高要求著称。导弹测控专业是公认的高难专业。那些硕大的导弹能否发射,由王忠心所在的岗位最后把关。没有"两把刷子",升不到一级军士长,而部队中的一级军士长,和将军一样稀少(一级军士长,是士官中

▲当好一辈子兵,是王忠心的信念

"导弹兵王"王忠心

的高级士官,他们可以在军队工作到退休。士官按工作性质分指挥类和技术类。技术类,只有专业技能过硬的才有机会晋升军士长,还要受编制数的限制。他们是部队基层不可或缺的专业技术尖子)。

1991年秋,戈壁大漠,长剑倚天。随着一声"点火"的命令,脚下的大地在震颤,导弹喷着烈焰直刺苍穹。数分钟后,精确命中目标的捷报传来。

庆功会上,刚从士官学校毕业的实习生王忠心出现在领奖台上。作为一名接触新型导弹才一年多的新兵,能担任关键号位操作号手,且操作精准无误,在全旅前所未有。

这仅仅是开始。此后27年里,王忠心把这一"精准无误"自觉细化到每一组数据、每一道口令、每一步操作中,

▲王忠心(左二)进行操作演示

创造了一个又一个"前所未有"。

2007年秋,部队执行实弹发射任务。在发射前的一次重要分系统测试中,一个信号指示灯一直没有显示。王忠心临危受命,带领技术组排除故障。只见他迅速打开相关的4张电路图,一边沿着线路推演,一边飞速地排除各种"不可能"。一个多小时后,王忠心把故障锁定在一块电路板上。一查,果然是这块电路板上的一个电容被击穿了。换上新电容,指示灯显示正常。几天后,导弹在西北戈壁腾空而起,打出历史最高精度。

"与大山为伴,与利剑为伍。越是干测控时间长,越感到肩上的压力大。专业上不响当当,哪里配当军士长?"正是这种责任感,让王忠心一路不知疲倦地前行。

2012年初,部队执行跨区任务。在最后一道综合测试中,一枚导弹一通电,保护系统就立即跳闸。发射推迟,就意味着任务失败。技术人员排查了三天三夜,没有解决问题。该型武器设计专家闻讯赶来,还是无法确定故障点。正在大家一筹莫展时,王忠心说出自己的想法:是不是电缆插头出了问题?按王忠心的判断再检,问题果然迎刃而解。

长时间接触导弹,王忠心知道,80%的导弹故障都是人为操作不当造成的。因而,一个连接电缆插头的动作,他不知道会练上多少次。

战友王国胜清晰地记得2008年新装备训练时的一个情景。当时，王忠心递给他一根电缆，让他练习2000次插拔电缆插头。"如此简单的动作也要专门训练，这哪是高科技部队啊，该不会是故意整我吧？"王国胜嘴上不说，心里却不服气。

王忠心没再说什么，跑向其他战位，手腕粗的电缆插头在他手中如仙女织布，针线飞舞，不到10分钟，数百个电缆插头悉数对接完毕。

"你去按照型号标准挨个检查一下！"王忠心一声命令，惊醒了看呆的王国胜，他连忙拿着标准参数逐个对比，几十圈查下来，服了！不同型号、不同类别、重达数十千克的上百根电缆，普通号手耗时几个小时处理好也非易事，而王忠心用如此短的时间就使数百个插头全部精准到位，若非亲眼所见，实在难以置信。

《测控专业故障分析》，不要以为这是哪个学者的著作，这是王忠心围绕工作中的心得所写的一本书，如今已成为导弹号手人手一本的工具书……

关于王忠心，有这样一组数据：顺利完成两次重大武器的转型改装；每次换型，都是第一个通过操作认证；熟练操作3种型号导弹武器；精通19个导弹测控岗位；参加实装操作训练1300多次；排除故障200余次……其间，没下错一个口令，没连错一根电缆，没报错一个信号，没记错一个数据，没按错一个按钮。

有人说，对于一个导弹号手来说，一时不出差错，是要求；常年不出差错，是出色；从来不出差错，是传奇。

"操作王""排故王""示教王"，在平凡的战位上，王忠心用非凡的业绩演绎着"兵王"传奇。然而，谁能想到，就是这样一位"兵王"，一位公认排在总师、副总师之后的"技术大拿"，入伍时竟只有初中文化！

▲王忠心（前排）向徒弟传授操作技巧

他把导弹电路"刻"进脑子

形象一点说，导弹测控是对导弹进行全身体检，技术要求高，专业性强，涉及高等数学、高能物理、微电子技术、机械识图等20多个学科，号手一直由干部担任。不难想象，只有初中文化的王忠心能成为士兵测控指挥长，这条路走得有多艰辛。

1986年12月，初中毕业后的王忠心参军入伍。入伍第二年，他考取了士官学校。1990年7月，从士官学校毕业的王忠心，当上导弹测控班的班长。

从入伍第一天起，王忠心就笃定一个信念：任何事情都要做到最好，任何时候都要走在前列。然而，只有初中文化的他想要弄清专业基础知识谈何容易！为此，他翻烂了《电子线路》《模拟电路》等初级教材，终于把某型导弹学懂弄通。

可是，走上工作岗位不久，赶上导弹武器更新换代，辛辛苦苦好几年，一夜回到零起点。王忠心又和新兵一样，站到同一起跑线上。虽然从来都不善言辞，但王忠心明白，自己是班长，要想让大家心服口服，就必须用实力说话。

▲ 多年来，王忠心坚持不懈地学习

新型导弹专业教材20多本。一本本仔细钻研，王忠心悟出门道。他把"天书"一样的技术图纸，分解成若干部分，一步一步去攻克。电路图，一张图有4平方米大小，一共8张，密密麻麻的线路组成一个个"迷宫"。王忠心像庖丁解牛一样，将电路图分解成小块记忆，小图再拼成大图，最后再将8张大图连起来。从早到晚，王忠心不断重复两件事：操作—背记，背记—操作。

就连王忠心自己也不知道，这些电路图被他"画"了多少遍，但他知道，到后来一闭上眼睛，8张电路图就清晰地浮现在脑海里。只要看到故障现象，脑子里就能调出相应电路，再逐一分析各个节点，最终总能准确定位故障。

当一张张"控制图""刻"进脑子，十多万字操作规程熟记于心后，王忠心再次成为全旅唯一的战士测控指挥长。

这就是后来被大家奉为专业学习范本的"王氏学习法"。凭借这一手绝活，王忠心早在2000年就进入旅技术把关组。

火箭军旅技术营测试连排长刘九州有着切身体会："我们每个人都知道的'王氏学习法'沿用至今，既缩短了训练周期，又提高了训练效能，让我们的导弹武器能提前形成作战能力。"

王忠心似乎可以松口气了，谁料想，部队现代化"快车"提速，他所在旅的导弹武器再次换型。王忠心所学再次"清零"。没有灰心，没有气馁。王忠心重新起步，认真研读《计算机技术与应用》等书籍……此后，他再次成为全旅熟练掌握新装备测控专业第一人。

导弹兵，会操作是一个层次；懂机理，又是一个层次。"刚开始是好奇，非得钻研明白；后来能解决问题了，越来越有成就感。有人说，我是管操作的，武器交给我，会使用就行了。但时间长了，我就发现，这样不行，假如执行任务的时候突然遇到问题，而你又不懂装备，肯定紧张；如果你真懂，心里一闪，就知道问题出在哪里，心里就平稳，能马上采取措施应对……"

王忠心不善言谈，与他交流不是件容易的事。问别的问题，他总是问三句，答一句。但是，说到自己的工作，他的眼睛立即亮了，话题一旦打开就止不住。

"今天不努力，明天就要被部队淘汰；今天不学习，明天就要被专业淘汰。"王忠心床头的绿色铭牌上，写着这样的座右铭。

为提高实际操作技能，每次训练，王忠心都一丝不苟。艰难困苦，玉汝于成。那年，上级组织导弹技术比武。测控专业80名参赛者都是营、连长和技术干部，只有王忠心一个兵。然而，比武结果偏偏是这个兵夺得全能第一和3个单项第一。

虽然王忠心被官兵誉为"操作王""排故王""示教王"，但他丝毫没有放松对导弹专业知识的学习，每天晚上去专业教室自学的习惯雷打不动，操作训练到一线指挥把关的习惯雷打不动。时刻保持"号手就位"的战斗姿态，在王忠心看来，是一名战士必须做到的。

"当兵就要甘于奉献，从我带着梦想参军入伍，我就定下目标,再苦再累也要干下去。"王忠心的誓言无声。

在无声的誓言里,1台仪器、1副面板、7块仪表、30余个开关按钮,与王忠心相伴27个春秋。27个春秋,王忠心写下近20万字的导弹专业学习笔记,参与20余本教案和规程编写。

在所属部队,与总工一样,王忠心是"把关"权威,领导和战友信赖他,而他只是一个兵。

他的信念是当好一辈子兵

一米六五的个头,黑不溜秋,满脸皱纹。有人开玩笑说,王忠心若换上便装,提起渔网像渔夫,拿起锄头像农民。

2015年1月21日,习近平视察第二炮兵某基地。在军史馆内一张普通士兵的照片面前,习近平主席说,"这个兵我认识"。

被习近平一眼认出的士兵,正是王忠心。

2013年,王忠心光荣当选第十二届全国人大代表。习近平在接见解放军基层代表时,当面对他殷殷嘱托:"部队建设需要更多像你这样的士官技术骨干。"

这是军队最高统帅对一个士兵的嘱托!

已经入夜,技术营专业教室依旧灯火通明。王忠心带着几名骨干围着几张电路图，时而轻声讨论，时而比画模拟，大家神情专注，浑然忘记时针已经指向零点。

王忠心说："铁打的营盘流水的兵，无论多老的兵也有脱下军装离开部队的时候，我必须在有限的时间内多带出几个过硬骨干，多培养几个种子人才，这样才能不辜负习主席的嘱托，不辜负组织的培养。"

王忠心牢记着这句话，践行着这句话。他依然坚持晚上去专业教室学习。曾有战友劝他不要去，说他不睡觉，他们不好意思"收工"。王忠心听着，心里偷着乐。

不过，尽管督促战友"充电"丝毫不松懈，但在执行重大任务上，王忠心有意识地往后退了。2015年春节，单位执行战备值班任务。他在心里掂量了一下，连队有几个骨干已具备了接替他把关的能力，只是还没放过单飞。于是，他打了报告，申请回家过春节。

节后回到连队，得知春节期间战友们两次接受战备拉动，两次表现优异，王忠心一直悬着的心才放了下来。这个春节，他人在家里，心在连队，虽然过得很累，但很值，因为又有3个士官挑起了大梁！

2000年，旅里安排王忠心给新任干部讲授导弹技术第一课。他一讲就是12年，满身"功夫"都传授出去了。此后，基地领导又让他给全基地新毕业大学生干部讲课。

2012年8月,140多名新毕业大学生干部岗前培训如期开展。集训20多天来,讲课的都是各级领导和基层干部。最后一课,由"兵王"王忠心来讲。铃声响过,王忠心推门而进。他一没讲义,二无教案,片纸不拿,坐在讲台上就"如何当好班长"这个课题,一讲就是两小时,还回答了学员提出的不少问题。

通俗易懂的语言、真实切身的感受、摸得着看得见的方法,让学员们受益匪浅。大家说,这堂课听得最过瘾,老班长"简直就是大教授"。

当班长这么多年,王忠心始终以"把兵带好、把班管好"作为职责本分,他总结出"王忠心科学带兵24法"。2015年的一份资料显示,王忠心先后培养了217名导弹测控号手,带出45名技术尖子,带过的兵中12人成为干部,6人走上旅团领导岗位,多人被树为先进典型,王忠心充分发挥了"酵母"作用。

"老王班长身上只有军人样子,没有老兵架子。"战友如是说。生活中的"兵王"没有一点"霸气"。

当兵31年来,王忠心始终住在集体宿舍里,营

▲与战友们打成一片,"兵王"(右)不改士兵本色

里考虑到他年纪大，睡眠不太好，破例给他安排了一个单间。连长怕他不同意，趁他外出偷偷给他"搬了家"。可他回来后二话没说，又把铺盖卷抱回了班排。在他看来，再老的兵也是兵。只要当一天班长，他就要坚守在自己的岗位上。

出了名儿，旅里整理他的事迹，请他审稿时，王忠心会删去一些内容："这句话不是我说的""这项工作不是我一个人干的"……

"不用派车送我，坐地铁很方便。"2016年5月17日中午，参加全军青年典型走基层分享交流活动后的王忠心，拎着帆布包，坚持坐地铁去北京南站买票乘车赶回单位……

保卫科干事张金金下到连队任指导员，担心老士官多，"镇不住"。然而，报到当晚，资历最深的王忠心主动将连队的情况向他做了详尽介绍……

2016年年底，达到士兵最高服役年限的王忠心，本可以功成身退，但他选择继续服役。他说："是组织培养了我。只要组织还需要我一天，我就要兢兢业业尽好自己的本分，为强军兴军事业贡献自己的一份力量。"

全国道德模范、全军爱军精武标兵、优秀共产党员、践行当代革命军人核心价值观新闻人物、百名好班长新闻人物，原第二炮兵十大砺剑尖兵、十大优秀士官、十大好班长标兵、全军士官优秀人才奖……2017年7月，这众多荣誉的后面又多了一个——"八一勋章"获得者。

　　面对荣誉，王忠心说得最多的一句话是，要对得起自己的这个岗位。"我们单位，很多高级士官跟我一样，也是默默地在这个岗位上干。（能够）把我们的武器始终维护得这么好，做到随时能准备打仗这个状态，这一辈子就做好这一件事，我觉得……很值。"

　　"当好一辈子兵，一辈子当精兵。"王忠心说，"不管在什么位置，只要努力去做，都会找到自己的归属。"

筑梦太空 景海鹏

他先后执行神舟七号、神舟九号、神舟十一号载人飞行任务，是中国飞得次数最多、时间最久、高度最高的航天员。从1998年正式成为中国预备航天员开始，10年准备，他用坚持铸就飞天奇迹。20年初心不改，他的心中永远激荡着探索的勇气。"使命重于生命"，这样的信念，让他一次次把困难踩在脚下，将生死置之度外；探索永无止境，这样的追求，让他一次次谱写着飞天壮举，刷新着攀登的高度。他就是中国人民解放军航天员大队特级航天员景海鹏。

★★ 八一勋章英模故事

三度飞天，圆梦太空

"你们已经在太空工作生活了半个多月……全国人民都很关心你们。你们现在身体状况怎么样，生活怎么样，你们的工作进展得顺利吗？"

"……中国载人航天进入了新的高度，中国航天员在太空的工作生活条件更加完善，我们为伟大祖国感到骄傲和自豪！"

……

▲ 身着宇航服的景海鹏

2016年11月9日16时许，一场被写入中国航天史的对话，在中国载人航天工程指挥中心展开。对话的一方是中国国家主席习近平，另一方则是搭乘神舟十一号升空的两名航天员景海鹏和陈冬。

全国人民一起在电视机前见证了这场激动人心的"天地通话"。刚刚在太空过完50岁生日的景海鹏声音铿锵有力，而这距离他2008年搭乘神舟七号完成自己的第一次载人航天任务，已经过去整整8年。

　　景海鹏的第三次太空之旅，前无古人。这一次，他打破中国载人航天的多项纪录，成为中国飞得次数最多、时间最久、高度最高的航天员。从首次太空的2天20小时27分钟飞行，到神舟九号的13天宇宙遨游，再到第三次的33天中期驻留，他把个人的太空累计飞行时间纪录提高到超过48天。按计划，神舟十一号和天宫二号将在距地面393公里的轨道高度交会对接，比之前的交会对接轨道高了50公里。这意味着，他和陈冬一起，成为中国飞得最高的航天员。

　　8年3次飞天，每次出征，景海鹏都带着全新的任务。2008年9月27日16时41分，他与航天员刘伯明一起配合翟志刚完成首次太空出舱行走，在343公里的太空轨道实现了中国人与宇宙的第一次直接握手。

　　2012年6月18日17时许，景海鹏与刘旺、刘洋"飘"进天宫一号，太空从此有了真正意义上的"中国之家"。在神舟九号飞行任务中，担任指令长的景海鹏不仅要确保成百上千个指令准确无误地发送，还要组织各类试（实）验有序开展。

　　2016年11月18日13时59分，神舟十一号飞船返回舱降落在内蒙古中部主着陆场，景海鹏与陈冬在太空完成33天中期驻留，为后续的中国空间站建造运营奠定了更坚实的基础。

33天的太空驻留，人少了一个，飞行的时间更长，在轨操作更多，对乘组的身心素质、工作能力、任务规划等方面的要求也更高。每天，景海鹏与陈冬的安排都是满当当的：航天飞行中的医学超声检查，更换空间材料制备样品，太空植物栽培试验，在轨维修试验，人机协同验证，太空养蚕……

两个人几乎每天都工作到晚上11点，有时甚至到凌晨一两点。由于工作量大，吃饭时间总是一推再推。地面上的领导和专家看到后，提议压缩工作量以保证航天员的营养和休息，但景海鹏和陈冬说："上一次太空不容易，试验任务再多，我们也要把它完成好，我们不是上来睡觉的！"就这样，他们加班加点，做完了所有38项科学试（实）验。

在轨第八天，景海鹏迎来了一个特殊的纪念日。那天，天宫二号的大屏幕上，先是传来全国各地的人们对他的生日祝福。随后，陈冬拿出大家提前准备好的蛋糕，陪他在太空过了一个难忘的生日。

从神舟七号到神舟十一号，对于每4年一次的太空飞行，景海鹏笑称，这是自己的"奥运会"。

2017年，我军设立"八一勋章"，并组织首次评选，景海鹏获此殊荣。这不仅给了他征战太空遨游苍穹的磅礴力量，更使他坚信，梦想能到达的地方，总有一天脚步也会抵达。

几多艰险，逐梦太空

干惊天动地的伟业，必有感天动地的付出。1998年1月进入北京航天城时，景海鹏已经31岁了。为备战2003年中国首次载人航天飞行，他不仅要在5年内学完物理学、天文学、载人航天技术等30多门学科的课程，还要进行八大类上百个课目的专业技能训练。

一般人坐一两分钟就受不了的转椅，航天员要连续转15分钟；坐在高速旋转的离心机里承受超重，往往面部肌肉变形，呼吸困难；在10米深的水中，身着120千克重的水槽训练服完成各种操作，每次都要进行两三个小时；在隔离舱里连续工作72小时，不能睡觉，不能离开，在一定时间内完成近百个课目的

▲ 景海鹏进行前庭功能转椅训练

训练任务……

每天6点半起床，吹一会儿长号，8点开始训练，一直到中午12点；午饭后，从下午1点训练到6点；晚上，写当天的总结，安排第二天的训练。12点之前，景海鹏从没上床休息过。即便躺在床上，他还要把当天的训练过程在脑海里过一遍。"坚持，坚持，再坚持。"景海鹏说，"没有捷径，坚持是唯一的选择。"

一次，舱内达到真空状态后，景海鹏按照指挥的要求进行模拟出舱活动。训练刚开始十几分钟，异常情况就出现了，地面指挥中心的监测数据与景海鹏身上的报警仪表同时发出警报：航天服内的二氧化碳浓度超标！怎么办？中止训练、排查问题是最稳妥的解决方案，但后果是试验任务需要重新准备、重新开始，冲击本来就十分紧张的试验计划！而坚持训练，则面临二氧化碳中毒的可能。面对突发状况，景海鹏临危不乱，通过打开引射器吹除，降低航天服内的二氧化碳浓度，并根据自身感觉的实际状况，建议继续开展训练。他又坚持了一个多小时，最终完成了训练任务。

从人类探索太空的历史看，航天员选择了这份使命，也就选择了与风险、考验为伴。

2008年9月，景海鹏在与战友执行神舟七号载人飞行任务期间，接连遭遇两个意外情况。当时，乘组按预定计划开启舱门，但舱门丝毫没有反应。而此时，飞船即将飞出测控区，必须尽快打开舱门，在下一个测控区完成出舱活动。无论如何，绝不能让全国人民失望！他们用辅助工具撬了两次，刚打开一点儿缝隙，巨大的压强又把舱门紧紧吸上了。于是，他们又拼尽全身力气拉，终于舱门被打开了。

景海鹏他们还没来得及喘口气，第二个意外又出现了。舱里突然传来报警提示："轨道舱火灾！轨道舱火灾！"如果真的发生火灾，乘组就回不去了！景海鹏和战友沉着冷静做出判断，应该是飞船的误报警。他们下定决心：即使火灾是真的，也要坚决完成出舱任务。于是，他们果断调整步骤，冒着风险完成了太空行走，让五星红旗飘扬在浩渺太空。

2016年11月11日0时10分，景海鹏执行天宫二号与神舟十一号载人飞行任务时再次遭遇险情：连接天地的话音链路中断，只有视频，没有声音！此时，离飞船返回地球仅剩一周。如果问题不能迅速解决，不仅后续任务难以完成，更可能导致乘组紧急返回，任务失败！

危急时刻，景海鹏沉着镇定，一边按照指令迅速开展在轨排查，一边通过视频用文字鼓励地面人员："你们别急，我们挺好。"经过天地双方共同努力，话音链路终于恢复正常，任务得以继续进行。

感动中国十大人物颁奖晚会现场，主持人敬一丹问景海鹏：" 你们执行载人航天飞行任务时，有没有想过有可能回不来？"景海鹏代表战友铿锵有力地回答："对于我们航天员来讲，使命重于生命。即使我们回不来，也要让五星红旗在太空高高飘扬！"

"为一个目标，你会走多远？求一个结果，你会等多久？如果，这一切都是未知，你是否，还愿意出发？"

有记者问景海鹏，从1998年正式成为中国预备航天员到2008年搭载神舟七号飞上太空，整整10年，等待是怎样的一个过程？景海鹏说："不是等待，我在准备，等是等不来的……"

2005年10月，神舟六号发射升空。景海鹏成为候选的第二梯队人员，离梦想又近了一步。景海鹏说，"这几年的准备，功夫没有白费"。在努力中接近梦想，在坚持中创造奇迹，这是景海鹏的人生信条。

2008年，景海鹏用整整10个年头的努力通过所有考核，和翟志刚、刘伯明一起，飞向了太空。

不断求索，筑梦太空

2022年前后，我国自己的空间站将建成运营。景海鹏与所有的航天员一起,投入新一轮的理论学习中,他期待着下一次出征。

为什么还要飞?这是景海鹏被问得最多的问题。

1966年,景海鹏出生在山西运城一个小村庄。家人为他取名海鹏,希望他能像雄鹰一样展翅翱翔。没想到,海鹏真的一飞冲天。

上高中时,偶然间看到一张飞行员照片。巧的是,那个飞行员也叫海鹏。人家能当飞行员,我也要当飞行员。景海鹏瞒着老师偷偷地报了名。最终,他通过了严苛的体检。

那一年,景海鹏19岁。当他捧着保定航校的录取通知书在田间奔跑,对正在干农活的父亲说"考上了"的时候,父亲景靠喜不敢相信这是真的。

到了航校,景海鹏才知道,飞行学院的学员距离真正驾驶飞机上天的飞行员,还有很远的距离。而且,飞行员学习过程中的淘汰率高达70%。

考验很快就来了。一个训练必备项目——游泳,摆在景海鹏面前。按规定,必须游完50米才算及格,否则就会被淘汰。景海鹏不会游泳,训练时要么瞎扑腾,要么呛水,直到考试前,教练都担心他过不了关。

谁料想,考试那天,景海鹏直接从深水区下水,憋着一股劲儿一气儿游了50米。到了对岸,又折返身子向反方向的终点冲刺。两个来回下来，游了200米。这样的成绩让教练和战友们惊讶不已……

景海鹏说："可能与我的性格有关系……不服输，要求非常严，要求非常高。"在和自己的较劲中，景海鹏赢得他军旅生涯的第一个嘉奖，也是全中队第一个嘉奖。

当飞行员的13年间，景海鹏安全飞行1200小时，并且创下了战斗机打曲线空靶，30发命中26发的纪录。

不断战胜自己，不断挑战自己，这是存在于景海鹏骨子里的基因。

1996年，中国开始航天员选拔的消息，点燃了景海鹏又一个梦想：成为一名航天员。1998年1月，景海鹏从1500多名备选者中脱颖而出，成为我国首批14名预备航天员中的一员。这一天，他给4个月大的儿子取名"宇飞"，来纪念这个特殊的日子。从那天起，向着太空，他开始了不停歇的"奔跑"。

神舟九号载人飞行任务，要完成首次手控交会对接，这对于所有航天员来说都是一个全新的挑战，都要从零开始。景海鹏为自己制订了一个"魔鬼式训练计划"。按规定，手控对接课目每周只能练习两次，每次仅有两个小时的时间。景海鹏不满足于此。每天晚上，他都拿出一小时，用另一个桌面模拟器练习交会对接。

在神舟九号任务考核前，景海鹏的手控对接已经练习了

2000多次，是规定时间和次数的两倍。2012年，景海鹏入选神舟九号载人飞行任务飞行乘组，并担任指令长。

两度飞天的景海鹏，并未停止高标准学习训练的步伐。等到2016年神舟十一号任务进入人们的视野时，即将50岁的他赫然在列。过硬的素质、丰富的经验、完美的成绩，让景海鹏在大家敬佩而服气的目光中，顺利入选飞行乘组。

"人的一辈子就是由各个时期不同的梦想串联起来，实现了一个目标，就必须定位下一个目标，这样才有追求，才活得充实。"景海鹏说，虽然航天员这个职业有风险有挑战，但"我热爱这个职业"。

事实上，还有一个更大的动力——回报祖国的培养。从农村步入军营，从飞行学员到飞行员，从预备航天员到航天员，从一次飞天到多次飞天，景海鹏说："我一个农村娃实

▲2012年，景海鹏（中）与"神九"飞行乘组另两名战友一起出征

现了一个又一个梦想，都是国家培养的结果""大家知道，国家培养一个飞行员经常说是用相同体重的黄金给堆出来的……培养一个航天员，要

▲ "神九"飞船返回舱着陆，景海鹏、刘旺出舱后向欢迎人群致意

花费多大的代价？所以，我想回报党和国家培养的最好方式，就是尽我所能，能飞几次，我（就）多飞几次"。

"英勇无畏，无私奉献，不怕牺牲。"2018年1月4日，在纪念中国人民解放军航天员大队成立20周年之际，景海鹏与其他战友一起重温了入队誓词。"我永远都忘不了20年前举起拳头宣誓的那一刻。"见过了浩渺宇宙，获得的荣誉等身，但回忆起入队宣誓的那一刻，景海鹏仍然像当年那个热血沸腾的青年。

"未来的日子里，我非常渴望能再上一次太空，再当一次先锋，非常渴望再打一场胜仗，再一次证明一名军人、一名航天战士的责任和担当！"景海鹏再次立下铮铮誓言。

"核司令"程开甲

　　放弃国外优越的条件，他选择回到一穷二白的祖国；投身国防科技建设，他举家搬到大漠戈壁。他是我国核武器事业的开拓者和核试验科学技术体系的创建者之一，他参与主持、决策了我国第一颗原子弹、氢弹、导弹核武器、增强型原子弹，以及地面、空投、地下平洞、竖井等数十次核试验，是中国指挥核试验次数最多的科学家；他创立了中国自己的系统核爆炸及其效应理论，为我军的核武器应用奠定基础……与石破天惊的事业相比，在近40年里，他的名字不为人们所知。中国"两弹一星"功勋科学家、"八一勋章"获得者程开甲院士，告诉我们什么是家国使命、责任担当、忠诚奉献。

隐姓埋名,为国铸盾

1955年1月15日,李四光、钱三强等人被请到了中南海的丰泽园。毛泽东主持召开了专门研究发展我国原子能事业的中央书记处扩大会议,他开门见山地说:"今天,我们这些人当小学生,就原子能有关问题请你们来上一课……"这一天,中国开始了研制核武器的艰巨而又伟大的征程。

1960年3月的一天,在南京大学任教的程开甲接到一纸调令,来到北京。接任第二机械工业部第九研究所副所长的

▲程开甲(右三)与同事探讨核试验相关问题

他，从此与中国的核武器研制紧紧连在了一起。经过近200次的研究、推算与验证，程开甲在国内首次计算出原子弹爆炸时弹心的温度和压力，还研究出了炸药爆轰聚焦的原子弹内部机理。在原子能技术理论取得突破后，1962年，中央部署要在两年内进行我国第一颗原子弹试验。当时，核试验对我国而言，无论理论还是技术都是一片空白。没有试验场，没有相关设备，甚至连测试的总体方案都没有。时间紧，任务重，时年44岁的程开甲，作为核试验技术的总体负责人，开始了更为艰苦的探索。

程开甲亲自编写教材，分解课题攻关，研制所需的试验设备和仪器。经过反复论证，在钱三强的指导下，他和吕敏、陆祖荫、忻贤杰一起，起草了我国首次核试验的测试总体方案。1963年，他前瞻性地筹划了核武器试验研究所的性质、任务、学科设置、队伍、机构等。

第一颗原子弹在哪里爆炸？最初的方案是飞机投掷，但第一次试验就用飞机投掷，会增加测试同步和瞄准上的困难。程开甲以自己渊博的学识，勇敢地否定了先前苏联专家提出的"空爆"方案。1964年9月，在茫茫戈壁深处，竖起一座102米高的铁塔。1964年10月16日，就是在这座铁塔上，蘑菇云腾空而起，中国第一颗原子弹爆炸成功。程开甲提出的原子弹塔爆方案获得成功。在他的研究与领导下，基地研究所研制出的1700多台（套）仪器全部拿到测试数据，而法国第一次核试验没拿到任何数据，美国、英国、苏联第一次核试验只拿到很少的数据。

罗布泊，千古荒漠。在成为中国核试验场区之前，这里几乎没有生命的踪迹。在核试验基地马兰生活区西北40多公里的一个偏僻山沟里，有一个与世隔绝的神秘营区。聂荣臻元帅给这里起名"红山"。第一次核试验圆满结束后，程开甲领导的核试验研究所从北京的通县搬到了这里。1969年，程开甲又把家从江南搬到了戈壁深处。

随着核试验的发展，程开甲不断提出核试验的方向，改进核武器爆炸方式和测试方法，并在空爆、地面爆、地下核爆的安全和抗干扰论证、理论计算等方面进行了卓有成效的工作。1966年12月，我国首次氢弹原理性试验获得成功，程开甲提出的塔基的若干米半径范围地面用水泥加固以减少尘土卷入的效果很好。1967年6月17日，我国首次氢弹试验成功，程开甲提出的改变投弹飞机的飞行方向，保证了投弹飞机的安全。1969年9月23日，我国首次地下平洞核试验成功，程开甲设计的回填堵塞方案实现了"自封"，确保了试验工程安全。1978年10月14日，中国首次地下竖井核试验获得圆满成功。随着地下核试验技术日趋成熟，1980年后，我国不再进行大气层核试验,试验全部转入地下。程开甲关于核试验由大气层向地下转移的主张,不仅解决了大气层试验无法解决的许多核技术难题,也使我国核武器研制和试验避免了可能出现的被动。

从1962年筹建核武器试验研究所到1984年离开核试验基地,20多年间,在我国的原子弹、氢弹、导弹、增强型原子弹,以及空投、平洞、竖井等数十次核试验中,程开甲扮演了无可取代的重要角色。

"领导我们事业的核心力量是中国共产党……"今天,红山营区墙壁上的这些标语口号,令人遥想当年那些激情燃烧的岁月。就是在这里,为了尽快取得原子能技术的突破,程开甲废寝忘食,忘我工作。他满脑子都是数据,递给食堂师傅饭票时会说,"这个数据给你,你帮我验算一下";吃饭时,他会用筷子蘸着菜汤,在桌子上列出一行行公式……他的时间表上没有节假日,经常通宵达旦,忘了吃饭睡觉。为他做的一碗面条,热了几遍,再去看时还在那儿放着;给他削的一个苹果,他放在嘴里咬着便睡着了……正是靠着这种精神,程开甲和他的战友们为中国核武器开拓出一条成功之路。

不畏艰险,舍身求真

"总理请我们吃饭,吃的什么呢?红烧肉。因为那时候困难,能吃上红烧肉已经很不错了……我们感受到了信任感。"很多年以后,已是耄耋之年的程开甲,提起周恩来在人民大会堂请科技人员吃的那顿饭,仍然记忆犹新。

多年来,不论在什么情况下,程开甲始终坚持按科学规律办事,任何一个细节都不放过。有一段1998年的珍贵视频资料:程开甲院士去看望中国核试验基地的第一任司令员张蕴钰将军。在程开甲任副司令员期间,两个人配合默契。回忆起一同工作过的日子,两位老朋友十分激动。程开甲提及1976年地下核爆炸前开的那次讨论会。针对试验坑道到出口处变宽,要不要重新回填的问题,程开甲据理力争,不堵就有危险,容易泄漏,一定要保证百分之百的把握。"……当时争得很厉害……那个时候科工委已经派人来了……很多人反对(堵住出口),认为再多增加一米,就是修正主义……我还是(坚持)一定要堵……这个时候张司令在,他就站出来说,'这个问题听老程的'……"回忆至此,80岁的程开甲院士掩面而泣,

"核司令" 程开甲

而一旁坐着的张蕴钰将军，泪水在满是沧桑的脸上无声地流淌……

这显然不是程开甲第一次围绕核试验问题据理力争。一次，程开甲设计了抗电磁波干扰的全屏蔽槽，遭到了包括核试验基地时任司令员白斌在内的许多人的反对。有人劝他："人家是司令员，你不要再和他争了，出了问题由他负责。"程开甲则坚定地说："我不管他是不是司令员，我只看讲不讲科学。要保证安全，就得按要求进行屏蔽。"后来，基地还是按程开甲的意见进行了屏蔽。

每次核试验，程开甲都会亲自到最艰苦、最危险的一线检查指导技术工作。一天，施工正在进行，程开甲来到现场。在坑道口，工程队汇报了施工情况，防化部队汇报

▲ 程开甲（左一）在核试验基地

了剂量监测情况，研究所的现场技术人员也做了介绍，并说明了一些现象。由于洞内存在高温、高放射性和坍塌等危险，技术人员担心发生意外，极力劝阻他进去。程开甲说，"你们听过'不入虎穴，焉得虎子'这句话吗？我只有到实地看了，心里才会踏实。"最后，程开甲穿着简陋的防护服，顶着光线

昏暗的头灯进入坑道。他一边详细地观察询问，一边嘱咐科技人员把现场情况收集齐全，仔细观察记录每个现象。

在首次地下核爆炸成功后，为了掌握地下核爆炸第一手材料，程开甲和朱光亚等科学家决定：进入地下爆心去考察。到原子弹爆心考察，在我国还是开天辟地第一次，谁也说不清洞里辐射的剂量，危险性可想而知。程开甲经过计算，认为采取多种防护措施后可以进入。他们穿上防护衣，戴上口罩、手套和安全帽，走进了通向原子弹爆心的地下通道。没走几步，温度就升高到40℃。他们顾不上身体吃了多少剂量的辐射，在刚刚开挖的直径只有80厘米的小管洞中匍匐爬行，最后进到爆炸形成的一个巨大空间，把所有考察工作做完，取得了我国地下核试验的第一手资料。

20世纪70年代，程开甲多次进入地下核试验爆后现场，爬进测试廊道、测试间。他说，每次进洞，都会有新收获，每看到一个现象，都会增加对地下核爆炸现象和破坏效应的感性认识，对下一次试验方案产生进一步的考虑和新的设计。

不唯书，不唯上，只唯真，只唯实。这一切源于程开甲心底强烈的责任感，也源于周恩来总理的信任和嘱托，他始终不忘周总理的那句"安全问题，程开甲负责"。

拳拳之心，殷殷之情

1949年4月的一天晚上，英国一家电影院放映的新闻片引起一位中国青年学子的注意。当时，解放军百万大军屯兵长江北岸，渡江战役爆发在即。各国驻中国军舰纷纷撤出长江，只有英国军舰"紫石英"号不听警告，在解放军防区耀武扬威。解放军开炮警告，但该舰继续前行，最后被解放军炮击重创……

这条新闻让正在英国留学的程开甲眼中燃起希望的火花。"我们国家一直是受人欺负的……抬不起头来的，现在我们扬眉吐气……这个使我看到国家的前途，有希望。"忆起当年，80多岁的程开甲院士忍不住落泪。

1918年8月，程开甲出生在江苏吴江。在他的成长中，对于国家遭受的列强欺凌感受颇深。1937年，程开甲考入浙江大学，有幸成为束星北、王淦昌、陈建功和苏步青的学生。大三时，程开甲听陈建功教授的复变函数论课后，撰写了《根据黎曼基本定理推导保角变换面积的极小值》的论文，得到陈建功和苏步青的赏识。论文在英国发表后，被苏联斯米尔诺夫的《高等数学教程》全文引用。

浙江大学西迁途中，日本侵略者炸毁了临时校舍，程开甲财物损失殆尽，靠师生们捐款才完成了大学学业。1946年，经英国著名科学家李约瑟推荐，程开甲获得英国文化委员会奖学金，赴英国爱丁堡大学学习，成为欧洲最有声望的物理学家之一马克斯·玻恩教授的学生。在玻恩那里，程开甲选择超导理论研究作为主攻方向，在导师的指导下，先后在英国的《自然》、法国的《物理与镭》和苏联的学术杂志上发表了5篇有分量的超导论文，并于1948年与导师共同提出超导"双带模型"。1948年秋，程开甲获哲学博士学位，任英国皇家化学工业研究所研究员。

异国他乡的生活，让程开甲尝尽了寄人篱下的滋味。

▲在英国留学时的程开甲（左三）

"紫石英"号事件后,他毫不犹豫地放弃了英国皇家化学工业研究所的职务和高薪待遇。玻恩教授理解他的拳拳爱国之心,叮嘱他回国时转道埃及多买些食品,他却只给妻子带回一件皮大衣,其余的行李箱全部用来装物理学方面的书籍。

1950年夏,程开甲踏上祖国的热土,当年8月,到浙江大学物理系任教。1952年,程开甲被调到南京大学物理系任教。他全身心投入金属物理教研室的筹建和金属物理专业的建设中。1959年,他出版了我国第一本《固体物理学》专著。该书对中国固体物理的教学与科研起到了重要作用。同时,程开甲竭力倡导把理论物理学新成果、新方法应用于固体物理。为此,他主持了一个理论讲习班,组织青年教师和研究生参加,为中国固体物理和固体理论的发展与人才培养做出了贡献。

青蓝相继,薪火相传

作为核武器试验事业的创始人之一和核试验技术的总体负责人,在党中央、国务院和上级机关的大力支持下,程开甲调集了几百名科技人员,筹建了具备爆炸力学、光学、核物理、电子技术、放射化学、理论研究、试验安全和技术保障等学科、专业配套的核武器研究所，按照周总理提出的"一次试验，多方收效"和测试数据"一百分"的构想，明确技术指标和研究课题，带领科技人员制订每一次试验测试总体方案。

几十年来，程开甲一直把带科技队伍、育科技人才作为自己的使命，他爱才、惜才、用才。对于从全国各地研究所、高校抽调的专家和技术骨干，程开甲给予充分的信任，做出了许多具有挑战性的工作安排。程开甲始终牢记钱三强的一句话："千里马是在茫茫草原的驰骋中锻炼出来的，雄鹰的翅膀是在同暴风的搏击中铸成的。"第一次核试验，立下大功的测量核爆炸冲击波的钟表式压力自计仪，就是程开甲鼓励林俊德等几名年轻大学生因陋就简研制的。我国第一台强流脉冲电子束加速器的研制，程开甲大胆地交给邱爱慈去做。当时，这一高难度项目只有美苏等少数国家有能力完成。邱爱慈说："决策上项目，决策用我，两个决策，都需要勇气，程老就是这样一个有勇气，敢创新的人。"后来，林俊德、邱爱慈都脱颖而出，成为中国工程院院士，邱爱慈还是研究所十位院士中唯一的女性。

程开甲从不以老资格自居，对年轻人的学术成长关怀备至。20世纪60年代，核试验研究所的很多年轻人对核爆炸中的问题搞不懂，程开甲就亲自编写讲义给大家上课。每次交代工作时,他总是条理分明、清楚准确,有时还写在纸上帮助理解。

程开甲提携后辈,实事求是地介绍、推荐吕敏、杨裕生、钱绍钧等青年骨干。他创建的核武器试验研究所及其所在的核试验基地,成为中国核事业人才的摇篮之一,先后走出10位院士、40位技术将军,获得2000多项科技成果奖,许多成果填补了国家空白。张爱萍将军曾称赞,"研究所是个小科学院"。

▲ 在小黑板上精心推算,是程开甲多年的习惯

1999年,程开甲被授予"两弹一星"功勋奖章。近40年后,他的名字被首次解密公开,人们才得以了解这位"核司令"。2017年,99岁的程开甲院士坐在轮椅上,由习近平亲手为他戴上了"八一勋章"。

程开甲曾说:"……如果当初没有回国……绝不会像现在这样幸福,我是把自己的命运和祖国紧紧连在了一起,把我的追求和祖国的需要连在了一起。"

今天,在马兰基地广场的醒目位置,耸立着一块红色花岗岩，上面镌刻着张蕴钰将军写给程开甲的一首诗："核弹试验赖程君，电子层中做乾坤……技术突破逢艰事，忘餐废寝苦创新。戈壁寒暑成大器，众人尊敬我称师。"它无声地诉说着像程开甲一样的马兰人的故事。

▲ 晚年程开甲

"罗布惊雷响，两弹裂长空。大学者，核司令，是元勋。无愧一代天骄，辉煌耀古今……"

程开甲，一个铭刻在共和国史册上的名字。

"活着的王成"韦昌进

"也许我告别将不再回来，你是否理解？你是否明白？也许我倒下将不再起来，你是否还要永久的期待？如果是这样，你不要悲哀，共和国的旗帜上有我们血染的风采……"还记得20世纪80年代这首红遍大江南北的《血染的风采》吗？"为了胜利，为了阵地，向我开炮！"还记得20世纪80年代曾被绘制成连环画的那个"王成式的英雄"吗？对，他就是韦昌进。

在1985年7月西南边境的一次防御作战中，不满20岁的韦昌进在右胸被弹片击穿，左眼球被弹片打出，全身22处负伤的情况下，只身坚持战斗7个多小时。为歼灭爬上阵地的敌人，保住阵地，他向排长呼唤炮火打击阵地，不惜与敌人同归于尽。韦昌进和他的战友用青春与生命书写了一曲《血染的风采》，也唱响了一个时代血染的风采。

无名高地上的坚守

1985年7月19日,福建厦门少年游泳代表团启程赴友好城市日本佐世保市访问,进行友谊比赛;1985年7月19日,《徐悲鸿诞生90周年》纪念邮票发行;1985年7月19日,《鞍钢日报》刊发《瞄准一个"零"再创新水平》的文章……

1985年7月19日,一个再普通不过的日子。中国的城镇乡村,各行各业,平静而有序地生产生活。然而,这一天,中国的西南边陲,注定是不平静的。

▲ 年轻时的韦昌进

这是一个凸起的小山包,长40米左右,宽30米左右。就是这么个不起眼的小山包,却是老山地区我军防御前沿的重要屏障,也是敌人进攻我军主阵地的必经之路。因为军事价值重要,敌人隔三岔五地向这里发起进攻,企图撕破我军防线。在这个无名高地上,韦昌进和其他4名战友共同守卫着111号阵地6号哨位。

1985年7月19日,天刚蒙蒙亮,韦昌进接到排长打来的

"活着的王成"韦昌进

电话,根据上级情报部门的通告,敌人可能要在当天拂晓发动大规模进攻(敌军以两个营加强一个连的兵力,向无名高地展开进攻),要求他们务必做好一切战斗准备。很快,敌人开始炮击了。

第一波炮击时,韦昌进和战友们躲进了"猫耳洞"里。炮火带来的"天塌地陷"的感觉还没完全结束,在洞外的班长大喊,"敌人上来了!"于是,韦昌进和另一名战友一人拿起一支冲锋枪冲了出去。洞外硝烟弥漫,弥漫的硝烟间,隐约几个人影朝这边摸了过来,韦昌进来不及多想,一颗手榴弹投了过去,之后又拿起旁边的爆破筒扔了过去……

敌人的第一波进攻被打退了。韦昌进开始呼唤战友,他发现战友苗廷荣没有负伤。在无名高地上已经坚守了两个月,韦昌进对敌人的套路也渐渐摸清楚了,他知道,敌人的又一波炮击即将开始,于是叫上苗廷荣赶紧返回"猫耳洞"。

果然,韦昌进他们刚接近洞口,敌人的炮火又覆盖过来了。这时,一发炮弹在不远处爆炸。就在炮弹炸响的瞬间,韦昌进感觉有东西迎面扑了过来,随即钢盔脱落。他的手不由自主地朝头部按了过去,一按,手心里按着一个肉团子,血肉模糊的。韦昌进以为是脸上被削掉一块肉,心想扯掉它吧,可是,当他扯那个肉团时,伴随的却是一阵钻心的疼。这时,韦昌进意识到可能是自己的眼球被炸出来了,来不及多想，也顾不上疼了，韦昌进又把它塞回了眼窝……

韦昌进拉起苗廷荣迅速转移到"猫耳洞"中。此时，苗廷荣身上多处被弹片击中，两只眼睛几乎失明，已经处于昏迷状态。而韦昌进的右胸、右腿也开始疼起来，战友吴冬梅赶紧为他俩包扎。但是，还没包扎完，敌人又上来了。

韦昌进对吴冬梅喊了一声："冬梅，你不要管我了，守住阵地要紧。"听了韦昌进的话，吴冬梅瞅了一眼他，然后，拿起冲锋枪，一个箭步冲了出去。这时，一发炮弹正中洞口，无数块石头瞬间塌了下来，韦昌进和苗廷荣两个人被埋在了里面。

洞内漆黑一片，很快，韦昌进意识到刚跑出洞的战友吴冬梅会很危险，于是大声喊，"吴冬梅！吴冬梅！"但是，不管怎么喊，他都听不到战友的回答。吴冬梅和韦昌进同一年当的兵，同样也是20岁。他将自己20岁的青春，留在了那片红土地上。

一位战友牺牲了，另外两位战友失去联系，6号哨位现在就剩下韦昌进和苗廷荣两个人了。韦昌进拖着血肉模糊的身子，艰难地爬到洞口。他摸索着，一块一块地扒着堵在洞口的碎石，经过半天努力，终于扒开了一个拳头大的小洞。韦昌进将右眼贴在洞口用力向外看，只见阵地上烟雾弥漫，根本看不到其他战友的身影。他又仔细听了听，外边仍然在打炮，但阵地上的枪声已经很稀疏。他用报话机向排长报告了这里的情况。之后，韦昌进用没有受伤的右眼观察敌情，为我军的炮兵指示目标打击敌人。从上午9点多到下午3点多，我军炮兵根据韦昌进报告的敌情和方位，先后打退了敌人8次连排规模的反扑。

为了阵地，向我开炮

无名高地陷入短暂的宁静。渐渐地，韦昌进因失血过多，一会儿清醒，一会儿迷糊。恍惚间，韦昌进想到了母亲，想到了当兵之前……

1965年11月，韦昌进出生在江苏溧水。兄妹4人中，韦昌进是家中的长子，也是唯一的儿子。作为家里未来的顶梁柱，父母并不希望他当兵。然而，他偷偷地报了名，并顺利通过体检。临行前，得知消息的父母找了很多亲戚朋友轮番劝说他，说部队如何如何艰苦，又说，刚刚边境还打了仗，很有可能你们这批兵去了，还要打仗……为了留住韦昌进，父母给他买了一块"钟山"牌的手表，又买了一辆自行车。在20世纪80年代，对于一个农村家庭而言，这可是倾尽全家的所有。然而，韦昌进丝毫不为所动，他的脑子里只有一个

八一勋章英模故事

念头：参军当兵。

1983年10月，不满18周岁的韦昌进光荣入伍，成为解放军济南军区陆军第67军199师595团6连2排4班的一名战士。1985年3月，陆军第67军奉中央军委命令，由军部率该军主力师199师并配属本军区陆军第46军138师，开赴西南边境执行轮战任务。经过一个半月驻训准备后，从5月中旬开始，第67军各部接防了相关防御阵地。也就是从那个时候一直到7月，不到20岁的韦昌进，在老山最前沿的我军无名高地镇守了62个日夜。

▲韦昌进的故事被绘制成连环画，展现了韦昌进当年的战斗情形

陆军第595团在一线坚守111号、142号阵地的，分别是6连和1连所属分队，他们依托阵地，在炮兵有力的支援下，克服连续战斗造成的体力不足，充分运用步机枪、手榴弹和定向地

雷等武器，坚决阻击敌人。其中，坚守111号阵地的是6连2排，由排长王国安指挥，分散在长约40米、宽约30米的阵地上。

7月19日，意识到这可能是自己人生的最后一天，韦昌进觉得有些遗憾，他觉得对不起父母。作为儿子，还没来得及好好孝顺他们，自己就可能离开他们了。不过，转念一想，韦昌进又觉得，即使今天走了，对父母也是一种安慰，他们的儿子在卫国的战场上没有给他们丢脸，在家乡的父老乡亲面前，他们能抬起头。

就这样，韦昌进躺在洞内迷迷糊糊地想着……这时，报话机里传来排长的声音，他告诉韦昌进和苗廷荣，由于敌人的封锁，我军无法及时增援，命令他们坚守到天黑。韦昌进态度坚决地表示：排长你放心，我就是死，也要死在战场上，也要想办法把阵地守住。

与排长通完话，韦昌进跑到苗廷荣身边，拼命地摇他，一边摇一边喊。突然，苗廷荣"啊"的一声，看到苗廷荣醒了过来，韦昌进觉得浑身立即有了劲儿。然而，苗廷荣什么都看不见。韦昌进把排长交代的任务跟苗廷荣重复了一遍，之后说："我要是牺牲了，你还活着的话，你要坚持下去。"苗廷荣说："好，你放心，我一定和你一样，死也要死在阵地上。"听了这话，韦昌进一把将苗廷荣抱在怀里……

眼前的场景，似乎和韦昌进小时候看过的电影一模一样，他和战友已经做好了最坏的打算。不知过了多久，洞顶和洞口边传来碎石滚动声和敌人说话的声音。韦昌进猛地意识到，敌人已经爬上了阵地。

一旦敌人发现他们俩，两个人的生命受到威胁不说，阵地也就意味着失守了，而阵地失守，自己就没有完成排长交给的任务。韦昌进想，就是牺牲自己，也不能让敌人捡到便宜。看到旁边还有几颗手榴弹，韦昌进把手榴弹拿了过来，准备敌人一旦走到洞口，就与敌人同归于尽。

做好与敌人同归于尽的准备后，韦昌进拿起报话机，向排长报告方位和敌情，接下来电影《英雄儿女》中的一幕在南疆战场上再现。韦昌进说："我休息一会儿，也有点力气（了），我就给（跟）排长喊了，排长排长，我是7号，敌人已经上我这里了，请求炮火向我开炮。然后我又接着说，为了胜利，为了阵地，向我开炮！"

排长不忍心让自己的战友牺牲在自己的炮火中，就想向上级汇报，组织部队进行增援，韦昌进一听就急了。"我命重要，还是阵地重要？来不及了，赶快打。"听到阵地上还有人，敌人的冲锋枪对准洞口一阵扫射，一颗手榴弹在洞口爆炸……

多年以后，韦昌进回忆说，喊出"向我开炮"的时候，没想别的，只是觉得，对准自己打，才有可能把上了这个哨位的敌人打死，或者打下去。在韦昌进的内心深处，一个强烈的念头是，这是我的哨位，这是我的阵地，不惜一切代价也要将敌人赶下去！

大约过了几分钟，一阵猛烈的爆炸声在111号阵地响起，浓烈的硝烟味随即飘进洞中。由于我军的炮火覆盖及时，阵地保住了。万幸的是，由于有石头挡着，炮弹没有炸到韦昌进。韦昌进履行了对排长的承诺，用生命守住了阵地。

伤好之后，重返战场

那场战斗打得异常惨烈，从清晨四五点一直持续到晚上七八点钟。晚上八点多钟，韦昌进听见洞口有扒石头的声音，又听到"昌进，昌进"的轻微喊声。韦昌进屏住气静静听，听出这是战友张元祥和李书水的声音。他挣扎着想爬起来接应，但由于多处受伤失血过多，已经动弹不了了。"本来我们是想要将他先送到后方，可是他坚持要将苗廷荣先送下阵地。"李书水回忆说。虽然后方离前沿阵地并不远，但由于敌人进行火力封锁，来回一趟需要一两个小时。在战场上这么做，就意味着将生的机会留给了别人。

送走了苗廷荣后，又上来3名增援的同志，韦昌进才被背下阵地。如今谈起这段往事,韦昌进笑着:"说实话,我也不是不怕死,但是在那时候,苗廷荣除了眼睛外,身体其他部位都没受伤,我感觉他活下去的希望要比我大。"

韦昌进全身共有22处伤口,由于伤势过重,昏迷了7天7夜,被辗转送到后方医院治疗。住院期间,他大大小小经历了十几次手术,至今身上仍有4块弹片没有取出来。后来,韦昌进到北京做了眼部手术,左眼植入了义眼。

治疗期间,部队领导到医院慰问,问韦昌进对组织有什么要求。韦昌进对领导说:"别的没有什么,我只有两个要求,一个是我伤好以后,请领导批准我重回战场。虽然我只

▲韦昌进(左一)参加英模事迹汇报时为群众签名

有一只眼，但是还能打枪，还能为死去的战友报仇。再一个就是，如果政策允许的话，打完仗，我想继续留在部队，干什么都行，因为我当兵的时间太短，对部队的贡献太少了。"

1986年2月，韦昌进再次进入老山前线。之后，当年的6月8日，随部队返回济南。战场归来，韦昌进被中央军委授予"战斗英雄"荣誉称号，荣立一等功，媒体和官兵称他为"活着的王成"。他的主要事迹被编入小学思想品德课本，还被绘制成连环画《王成式的英雄韦昌进》。

韦昌进身体恢复后，先后在山东省蓬莱市人民武装部、济南警备区、泰安军分区，以及枣庄军分区等地工作。他没有躺在功劳簿上，沉浸在鲜花和掌声里。亲历和平的来之不易，想到长眠南疆的战友，韦昌进深知强大的国防对一个国家的长治久安有多么重要，他深感自己身上有一份沉甸甸的使命和责任。

正是这份沉甸甸的使命感和责任感，担任连队指导员时，他带出了3个提干对象和4名考取军校的人员；担任军校教员时，他结合战场案例深入讲解基层政治工作课，带出很多优秀骨干；担任人武部政委时，他大力整改基层专武干部队伍，其经验做法被上级转发；担任军分区副政委时，他督导包片的城区基层武装部基础设施率先达标；担任军分区政委时，他带领党委班子成员接手历史遗留问题，整治民兵武器装备仓库,规范民兵组织整顿,改善选兵定兵方式……

在一些人眼中,韦昌进"不太好说话"。对此,韦昌进毫不讳言:"传言倒是不假,违反原则的事,我确实不太好说话。"从1985年至今,他受邀到全国各地作报告几百场,从未收取一分钱讲课费;面对一些商家以重金请他做企业代言人的诱惑,他断然拒绝;下基层检查工作,他坚持在部队内部食堂就餐,不收受纪念品……在韦昌进看来,"作为领导干部,要耐得住寂寞,守得住清贫,抗得住干扰,经得住诱惑。这是党员应该坚持的操守"。这也是韦昌进的另一个阵地。

2017年7月28日,中共中央总书记、国家主席、中央军委主席习近平,向"八一勋章"获得者韦昌进颁授勋章和证书。韦昌进被誉为"视死如归、血战到底的战斗英雄"。

提及荣获"八一勋章",韦昌进说:"我觉得这是对我们那代军人,所有参战官兵的一种褒奖和肯定,我是代表所有参战军人领这个奖的,这个不是我的功劳。因为我们连队上战场的时候,108个战友上前线,当我们回来的时候只有18个战友,(其他战友)他们把年轻的生命就留在了那

▲ 韦昌进荣获"八一勋章"

里。""我最大的愿望，我们的祖国，我们的民族，永远没有战争，但是如果有战争的话，作为一个军人，我们就要扛起我们的责任。"

  时光流转，30多年过去了。韦昌进和战友们当年用生命捍卫的连绵远山，今天，在祖国的天空下如巨人般矗立。那是一个民族不倒的信念。因了这一信念，一个战士就是一座山峰，一个连队就是一道长城。

"天山卫士"王刚

  他出身于新疆阿克苏一户普通农民家庭。1990年,发生在南疆的那场武装暴乱深深刺痛了他。那一年,他18岁,即将高中毕业。1991年12月,他放弃考大学的梦想,毅然选择参军,成为驻守南疆的一名武警战士。1995年3月,入伍第4年,作为支队最优秀的反恐特战队员,他被破格提干。4年后,他又以过硬的素质,先后被任命为支队特勤中队中队长,武警新疆总队某支队支队长。他就是"中国武警十大忠诚卫士"之一、"八一勋章"获得者王刚,被誉为"天山战神""反恐尖刀"。王刚,何以获此荣誉与威名?

打出来的威名

王刚的威名，是战场上打出来的。

2008年8月，刚刚结束战备任务的王刚，准备请假回家看望不满一岁的儿子。这时，突发情况。在某公路检查站，3名联防队员被10多名暴恐分子杀害。行凶后，暴恐分子逃窜至一片玉米地躲藏起来。

时值盛夏，那片长度接近500米的玉米地，秆高叶密，便于隐藏。接到命令，时任特勤大队大队长的王刚带领200名官兵，对玉米地进行拉网式搜索。按上级要求，搜索人员

▲ 王刚（前排左一）始终冲在最前头

须枪弹结合关保险。多年的实战经验让王刚知道，仅打开保险再子弹上膛射击，就比子弹直接上膛射击慢0.5秒。于是，他做出一个大胆的决定。

"我当时给特战队员传达的根本不是枪弹结合关保险，而是枪弹结合开保险。其实，我很理解上级的要求，一是怕误伤，二是怕打草惊蛇。我之所以下达这样一个指令，是因为我觉得这个地方太危险了。如果一伙暴恐分子突然拿着砍刀冲出来，我们连反应的机会都没有。"

当王刚带领搜索小组向前推进到玉米地中间时，突然传来一声枪响。王刚意识到，这是特战队员与暴恐分子交火了。第一时间与暴恐分子遭遇的，是特战队员刘志军。当时，一支长矛直接朝刘志军的脸扎过来，刘志军的第一反应是扣动扳机，就在枪响的一瞬间，长矛扎进他的嘴里……

王刚说："当时，我看到他用手捂着嘴，血从他的指头缝里往外流，暴恐分子把他的五颗牙戳掉了，与此同时，他也把暴恐分子打死了。在当时那种情况下，如果关了保险，掉的不只是五颗牙，有可能连命都没有了。"随着一阵密集的交火，其他暴恐分子被全部击毙。

"过了好长时间，我一直在思考一个问题。作为现场指挥员，你不能盲目（做决定），更不能盲从，只有根据现场的态势准确地判断情况，做出正确的决定。你才能更好地完成任务，赢得胜利。"

在这次战斗中，王刚与刘志军等特战队员因英勇果敢，成功处置（突发事件），分别荣立了一等功。

2015年9月18日清晨5时许，一伙暴恐分子袭击了阿克苏地区拜城县山区一座煤矿，又设伏袭击了前往处置的民警，造成11名群众死亡，4名公安民警牺牲。随后，抢夺了枪支弹药的暴恐分子逃窜至深山。

这伙暴恐分子藏匿的山区，方圆数千平方公里，海拔近4000米，气候变幻不定。奉命带部队进山搜索的王刚，立下军令状："不消灭这伙暴恐分子，决不收兵！"那些天，搜索推进到哪儿，部队就宿营在哪儿。回忆起那段日子，王刚说："天气实在是太差了，一会儿下雨，一会儿下雪。（我们）一会儿爬雪山，一会儿蹚冰河。最多的一天，我带着特战队员蹚了6次冰河。"

40多天后，暴恐分子藏匿的山洞终于被发现。这些亡命之徒依靠有利地形，用火力封锁住洞口。在经过诸多手段打击无效后，王刚带领40多名特战队员，展开猛烈攻击。其时，暴恐分子用抢夺来的95式自动步枪和92式手枪不停地向洞外射击。"盾牌手掩护，投弹手、步枪手，跟我上！"王刚带领突击队员，用防弹盾牌作掩护，迎着"嗖嗖"飞来的子弹，一边射击，一边投掷手榴弹，切着洞口的角往里面突击……

经过15分钟的猛烈攻击,藏匿于山洞里的11名暴恐分子全部被歼灭。此后,王刚率部队又将残余的10名暴恐分子歼灭。至此,王刚率部已对这伙暴恐分子进行了56天的大搜捕……

2015年10月28日,公安、武警围剿袭击煤矿的暴恐分子

拼出来的威名

王刚的威名,是身先士卒拼出来的。

2018年2月下旬,年味犹存,武警新疆总队某支队"魔鬼周"训练已拉开序幕。身穿防弹背心、头戴钢盔冲在队伍最前面的,正是支队长王刚。

"从战士、排长、中队长、大队长到如今的支队长,我都相信一句话,'有训练我先来,有战斗跟我上'。我做不到的训练课目,战士们都可以不合格。同样,我能完成的,战士们也一样可以做到。"

2015年初,王刚从副支队长升任支队长。在一次军事动员大会上,类似的寥寥数语,让人们记住了这个铁血汉子——"要求大家全部训练课目达标，我首先坚决做到"！

起初，大家都认为支队长只不过是"新官上任三把火"。然而，一个月之后，王刚真的邀请官兵来考核自己。

王刚的手枪射击训练成绩全部优秀

"他做'五练'的时候，非常流利，非常舒展。"战士们评价。最终，八门军事课目，王刚全部优秀！这样的成绩，把所有人都震住了。特战队员徐亚佩服地说："每名官兵，从列兵到四级警士长，从我们的排长到（党委）常委，都刮目相看。（他）把每名同志的练兵热情都调动起来了。我觉得这就是一种动员，一种无声的动员。"

从那之后，支队就流传这样一句话：宁可掉皮，不能掉队。每次训练，所有的队员都把掉队当成耻辱。因为他们都知道，支队长总会在队伍的最前面等着大家。当年年底，支队首次摘得了武警部队"军事训练一级达标单位"的桂冠。

七月的骄阳，像一个火球炙烤着大地，也极大地考验着官兵们的训练意志。"一组掩护，二组、三组跟我来！"举枪，奔袭，击发，命中目标。所有人都期待着这场考验意志的训练能画上一个圆满的句号。然而，支队长王刚却不这样想。

原来，在刚刚扣动扳机的瞬间，一名特战队员眉头上的汗珠流到眼角，他的眼睛不由自主地眨了一下。这直接导致他的击发时间比队友晚了0.3秒。这个短暂的迟疑，没能逃过王刚的眼睛。在王刚看来，0.1秒可以决定一场战斗的胜败。如果特战队员没有争取0.1秒的意识，将直接导致战斗失败。

只有平时多流汗，战时才能少流血。只有平时敢拼命，战时才能不丢命。这是王刚一直坚持的极限化、反常规的训练标准。

由于对队员的表现不满意，王刚又把队伍拉进了沙漠。在一望无际的沙漠中，找不到一处可以遮阳的地方。可是，王刚坚持把训练安排在这里。他认为，"营区里面有水，有给养，有阴凉，但是，你拉到野外以后，就没有这些依靠了。缺水的时候，不可能再给你补充水分，没有干粮的时候，也不可能再给你后送干粮。只有在这种条件下，通过艰苦的训练，（才能）锤炼部队的训练意志"。

所有队员都肩背10千克的装具，连续行军6个小时以上。这期间，王刚不但负重和队员相同，而且始终走在队伍的最前面。

▲ 王刚（左一）在为战士做示范

训练中如此，战斗中王刚更是冲锋在前。2001年2月20日，支队紧急集合的警报拉响。暴恐分子为了报复政府，将一家四口残忍杀害，然后，藏匿于居民区内，持猎枪与警方对峙。危急时刻，中队长王刚冲在了最前面。"在这个对峙的过程中，他们一边放枪，一边向外扔土制炸弹。我当时就没进门，隔着门板，就把30发子弹打进去了。打完以后，那个门开了一道小缝儿，然后，我一脚把门踹开。一进门，吓我一跳，脚底下就有一个土制炸弹，还'吱吱'地冒着烟。我一把就把身边的特战队员拽至身后"，所幸，土炸弹的捻子着了一半，自动熄灭了，而门后4名暴恐分子已被打得面目全非……

2015年9月19日，也就是暴恐分子袭击拜城山区煤矿后的第二天。早晨，王刚带着5名特战队员，乘直升机执行合围任务。海拔近4000米的山顶风雪交加，直升机在山顶20米处盘旋，寻找机降点。透过机窗，看到的是处处悬崖峭壁和深不见底的丛林深渊。找不到机降点，只能索降。舱门打开的瞬间，狂风卷着雪片猛冲进来。尽管平时进行过千百次的高楼飞身下训练，但在这近4000米的山顶索降，谁心里都没底。

"你们看着，我先下！"话音未落，支队长王刚第一个纵身跳出机舱。落地后，他全然不顾随时可能射过来的冷枪，死死抓住大绳，让战士们一个个平安着地。

"作为维稳处突的机动部队，我们每天都处在打击暴恐分子的最前沿。我始终觉得，身教重于言教。领导干部不能躲在战士身后，而是要主动带头。有了敢上刀山的干部，才有敢下火海的兵。"于是，27年来，"看我的""跟我来"，成了王刚的口头禅。对支队官兵来说，这不是一句口号，而是一种立身为旗的激励感召。

训出来的威名

王刚的威名，是训练场上训出来的。

"天山卫士"王刚 ★★

凌晨1点，万籁俱寂，王刚怎么也睡不着。白天，在武警部队组织的"卫士-17"反恐实兵演习中暴露出的问题，像针一样刺痛着他。他来到办公桌前打开作战地图，根据失利情况制订了第二天的补训方案。

问题不过夜，在失败中总结经验教训，已成了王刚的习惯。当兵27年，每场战斗结束，每次演习落幕，他都雷打不动地连夜反思。而2015年那次56天大搜捕，更深深刺激了他，令他刻骨铭心。

"就二十几名暴恐分子，却整整耗费了我们56天的时间。这么长时间才解决战斗，这种情况是我不能接受的。""28号，我们才发现暴恐分子的踪迹，40多天的时间，官兵在海拔近4000米的高原上，对暴恐分子进行全天候的搜索，吃不好，喝不好，睡不好。这种情况对官兵的心理、体能、意志、耐力，都是一个严峻的考验。这种考验，在以往的训练和实战当中从来没有经历过。"

当所有参战队员为那次抓捕成功兴奋不已的时候，经历过无数次反恐战斗的老兵王刚，陷入深深的思虑中："暴恐袭击已呈现出新的样式，由以往的使用刀斧袭击，向现在使用枪炮甚至人体炸弹转变；由以往的'独狼'式，向现在有组织、有预谋、团体式转变。而且，藏匿的地点纵深隐蔽，储存了大量给养物资，做好了长期与我们对峙的准备。这场战斗让我们在实战中看到了训练的差距,感受到了训练在这种战斗中的局限性。"

也就是从那时起,王刚心中萌生了打破常规开展极限训练的念头。那一仗之后,高山峡谷、大漠深处、戈壁荒野,到处都能看到王刚和他的特战队员极限反恐训练的身影。通过极限练兵、反常规训练,实现训练场与战场的无缝对接。

天山,托木尔峰,海拔7443.8米,白雪皑皑。"前进!"随着一声命令,特战队员在雪地上匍匐向目标前进。这是武警新疆总队某支队组建20年来,第一次将特战队员拉至海拔5000多米的高寒区域,进行实战演练。指挥这次演练的是支队长王刚。

王刚组建了一支专业化的"蓝军队伍",搜集暴恐事件战例,做成100多张反恐命令卡片,随机导调部队训练。

那次演习,王刚担任"红方"指挥员,带队围捕"暴恐分子"。战斗在晌午打响,"红方"一点点压缩搜索区域,力争一举拿下战斗。可搜遍所有区域,最后还是让两名"暴恐分子"溜走。

走下演训场,王刚查找原因时发现,这个地区有一条"时令路"——水丰为河,水枯为路。千算万算,官兵布控时遗漏了这条河道。自此,一有时间,他就带领干部骨干对任务区域进行踏勘,让大家将当地的山川河流、道路桥梁、地形地貌等标绘在地图上，牢记在脑子里。

"宁可丢掉肩上星，不能带出窝囊兵。"王刚潜心研究街区、沙漠、高原等不同地域气候条件下反恐作

▲ 王刚（右一）做战前动员

战的特点规律，先后提出"环境模拟，红蓝对抗"、信息化"尖刀分队"实训引路等训练模式，创新出数十种反恐处突战法训法。

特勤中队班长刘阳介绍，王刚经常定期组织"魔鬼周"训练，而且每次只能带5天给养。起初大家不理解，认为过于严苛。去年冬天，支队一个捕歼分队在给养消耗殆尽的情况下，依靠平时锤炼的野外生存本领，圆满完成高原捕歼战斗任务。此时，大家才深刻理解王刚的良苦用心。

排爆手、一等功臣甘文杰说，王刚具有前瞻性眼光，早在10年前，就率先建起排爆专修室。小小的排爆室，从最初的一无所有，到如今拥有300多件工具，已成功处置数百枚爆炸物，成为武警部队一支举足轻重的反恐力量。

作为指挥员，王刚善于积累，善用智慧。他不论走到哪里，都会随身携带两幅地图，一幅是行政区划图，一幅是军事信息图。2015年春节前，王刚奉命带领官兵设卡堵截一伙

暴恐分子。当时，地形复杂，岔路口多，兵力又很紧张。王刚拿出地图，反复琢磨，最终判断出暴恐分子的走向，并合理部署了兵力。果不其然，暴恐分子落进王刚为他们设计的"天罗地网"，束手就擒。

在王刚看来，只有把对手研透，把装备研精，不断在实战中总结、创新，才能尽快缩小与实战的差距，才能不辱使命，百战百胜。

从战士到干部，从排长到支队长，王刚始终奋战在反恐战斗最前沿，先后经历15次生死战斗，荣获15枚军功章，荣膺第十九届"中国武警十大忠诚卫士"。2017年7月，王刚荣获"八一勋章"，被誉为"赴汤蹈火、冲锋陷阵的反恐英雄"。

如今，王刚所带的官兵，有百余人在反恐战斗中荣立一、二、三等功，他们所在的集体成为令暴恐分子闻风丧胆的"反恐尖刀"。

"为西陲永固，你生死无畏；为塞柳长青，你铁心无悔……"这是王刚戍边卫国的生动写照。

用生命捍卫祖国领土的冷鹏飞

面对侵犯祖国领土的敌人,他和战友们在冰天雪地里设伏;战斗中,他将指挥所设在阵地最前沿,采取灵活机动的战术击退敌人一次又一次进攻;在左小臂中弹折断的情况下,他用树枝绑住胳膊继续战斗……1969年,在东北边境爆发的珍宝岛之战,让一个小岛成为世界关注的焦点,也让英勇果敢、冲锋在前,用生命捍卫祖国领土的指挥员冷鹏飞家喻户晓。冷鹏飞——一个从战火硝烟中走来的老兵,一个用生命践行信仰的英雄。

八一勋章英模故事

冲突缘起

在我国黑龙江省东北部,乌苏里江主航道中心线中国一侧,有一个面积仅有0.74平方公里的小岛。小岛两头尖,中间宽,形似中国古代的元宝,故名珍宝岛。珍宝岛东面与俄罗斯隔江相望,相距400余米。自古以来,珍宝岛就是中国的领土。

1967年以后,苏联单方面将乌苏里江和黑龙江两江主航道中方一侧的岛屿划去600多个,珍宝岛也在其中。随后,苏联边防部队不断干涉中国边民在珍宝岛北面不远的七里沁岛进行的冰上捕鱼等生产活动。双方最严重的一次冲突,发生在1968年1月5日。当天,苏军出动装甲车冲撞正在岛上从事生产活动的中国边民,当场撞死、压死中国边民数人,造成中苏边界纠纷以来第一次惨重的流血事件。1968年12月至1969年2月,苏

▲ 边防战士时刻注意敌人动向

用生命捍卫祖国领土的冷鹏飞

联边防部队拦截并殴打中方巡逻队的事接连发生。

中国一再严正要求苏联方面停止其武装入侵活动，苏联却置若罔闻。本着不开第一枪，一定要让珍宝岛事件对苏联人的警示做到有理、有利、有节基本原则，中国方面也在积极做着相关应对工作。

1969年，公历已是3月2日，农历才正月十四。珍宝岛当日气温为-27℃，迟来的春天让这里依旧一片冰天雪地。

当天的8点40分，中国边防部队的两个巡逻分队刚抵达珍宝岛，苏联边防部队就派出两辆装甲车、一辆军用卡车和一辆指挥车，抢先赶到珍宝岛的东侧，挡住了一支中国巡逻队的去路。为避免事态扩大，第一巡逻队一边向对方发出警告，一边向岛西撤去。对方紧追不舍，迂回至第一巡逻队的两侧。就在第一巡逻队退到岛边时，对方突然开枪，当场打死打伤中方6人，中国军队被迫反击，珍宝岛上枪声大作……

当时，原第23军73师217团1营营长冷鹏飞带领的部队，就在前沿阵地。冷鹏飞回忆说："……（第二巡逻队的）周登国听到枪声了……对着敌人的指挥组，对着他们这一排人，一梭子打出去了，这一梭子打出去了，打得特别解恨，敌人指挥组的7个人，就像是谁喊了'卧倒'，齐刷刷地躺在冰道上。"经过一个多小时的激战，冷鹏飞带领战友们一举摧毁敌军的指挥车、装甲车及卡车各一辆，击伤装甲车一辆，取得首战胜利。

3月2日以后，苏联边防部队在当月又数次侵入珍宝岛及其西侧的中国河道。在这期间举行的中方前指作战会议上，多个部队的指挥员会商后认为，苏联边防部队下一步可能会进行报复，必须加强相关防范和准备工作。根据前指临时改变的计划，冷鹏飞率领一个加强排上岛，加强潜伏分队的实力。炮兵部队首轮目标改为对付潜伏的敌军，两个师属炮群负责封锁江面。

3月的珍宝岛，大雪没膝，江风刺骨。河里的冰冻得嘎巴嘎巴炸响，裂开一道道口子。潜伏分队为防不测，或趴在冰地上，或卧在雪窝里。

这样的情形对冷鹏飞来说，已是家常便饭。1968年初，他和其他8名同志奉命守备七里沁岛。白天，雪被身子焐化了，一身水；晚上，水又在大衣上结成冰。冷鹏飞在雪地上爬来爬去，一个个哨位巡查。冷了，跺跺脚，活动活动；饿了，吃几口饼干；渴了，嚼几口雪……

凭着一颗保卫祖国的赤子之心，冷鹏飞和他的小分队在冰天雪地里顽强地坚守着。一天，两天，三天，四天，五天……六天七夜过去了，小分队始终"钉"在七里沁岛上。

冲 锋 在 前

3月14日晚9时，按照计划，3个雷场同时开始布雷（江岸通道上两个、岛西江汊上一个，伪装雷被混放在江面冰雪的凹凸中）。雷场布设完毕后，一个班的战士在岛西高地上潜伏下来，掩护第二天的巡逻。

3月15日凌晨4时许，潜伏分队发现，苏联边防部队数十人趁拂晓前的黑暗，在6辆装甲车的掩护下从珍宝岛北端侵入，潜伏在丛林之中，企图袭击守岛的中国边防部队。对方与我军的计划居然不谋而合，都是由潜伏部队掩护第二天的行动，但对方选在了凌晨三四点钟上岛。此时，我军小分队已经潜伏了4个小时。

8时许，入侵的苏联边防部队以装甲火力和步兵轻重武器向守卫珍宝岛的中国边防部队猛烈射击。接着，在6辆装甲车的掩护下发起进攻。当时，苏军步兵已全部摩托化，不仅有占优势的炮兵，还有大量坦克、装甲车及作战飞机可直接用于支援作战。与其相比，中国边防军只有徒步的步兵和部分炮兵、工兵，在技术装备、火力上都居于绝对劣势。

面对强敌，冷鹏飞毫不畏惧。他指挥守岛分队沉着应战，调动火箭筒手和步兵主动出击，打退了对方的第一次进攻。

9点多，对方的地面炮兵和坦克对中国边防部队的岸边阵地和岛上分队进行猛烈射击。接着，出动6辆坦克和5辆装甲车，越过乌苏里江主航道中心线，向珍宝岛逼近。对面江岸上的大口径火炮和机枪火力同时封锁中国江汊，拦阻中国江岸上的部队上岛支援。考虑到对方坦克从中国江汊迂回、登岛比较困难，守岛分队在珍宝岛西侧留置少数兵力，监视和阻击敌军的迂回坦克，集中兵力和反坦克兵器，抗击正面进攻的敌军。冷鹏飞知道，敌人正是仗着坚固的"乌龟壳"耀武扬威的，打掉了"乌龟壳"，就打掉了敌军的锐气，也打掉了步兵的依托。他一边部署，一边提醒战士："要近战，要节约弹药，要灵活机动！"经过两个多小时的激战，敌军的第二次进攻被打退。

为了有效掌握战场态势，灵活指挥战斗行动，冷鹏飞把自己的指挥所设在了阵地的最前沿，冒着敌人的枪林弹雨，发出一道道战斗指令。多年后，回忆起那场战斗，冷鹏飞仍清晰地记得："我（的）位置就在二排的第一线，前沿。"冷鹏飞身先士卒的无畏行动，激励着身边的战友。

战斗中，他还首创用火箭筒超近距离打击敌装甲目标的战例。冷鹏飞介绍："华玉杰同志，他是火箭筒手，我就跟

用生命捍卫祖国领土的冷鹏飞

他说，你不要着急，你沉住气，放近打，200米不打，100米不打，70米不打，50米到了最佳的射击距离了，他开了一炮，一下子见效了。装甲车起火了，冒烟了，一声巨响，车不动了。大家喊'打中了，打得好！'群情激昂……鼓舞特别大。"战斗进行到关键时刻，冷鹏飞指示配属炮连代理排长杨林，带领两门无后坐力炮"往前靠、放近打"，同时命令2排长张印华组成火力掩护小组配合攻击。

这期间，位于最前沿指挥位置的冷鹏飞也成了敌人进攻的重点。一发曳光弹飞来，冷鹏飞的左小臂中弹折断，只剩下皮肉与上臂相连。紧急之下，通信员把冷鹏飞的胳膊与树枝绑到一起，用急救包带扎上。听到冷鹏飞受伤的消息，指挥所来电让他下岛救治。然而，冷鹏飞表示没问题，自己还能坚持。"我感觉还不太疼，我人（是）很清醒的……"就这样，托着受伤的左臂，冷鹏飞侧卧在雪地上，不断发出一个又一个战斗口令。最后，在上级多次催促下，他才将岛上的指挥任务交给了友邻部队的同志。被送去后方救治时，冷鹏飞由于失血过多，已

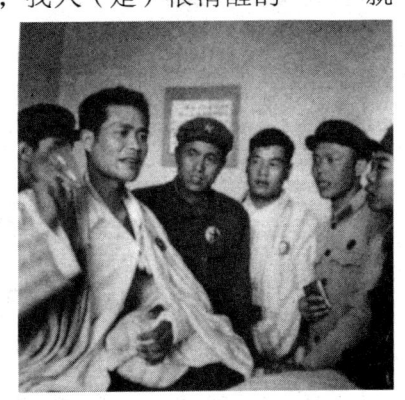

▲ 战斗结束，战友们看望受伤的冷鹏飞（左二）

处于昏迷状态。

3月15日这一天，冷鹏飞和战友们与敌人激战近9个小时，顶住了6轮炮火急袭，击退敌人3次猛烈的进攻，取得了自卫反击战的决定性胜利。

"最困难的时候我们到，最紧急的关头我们上，最危机（急）的地方我们去，最艰巨的任务我们担。"这是冷鹏飞战前所写的动员口号。正是凭着这种英勇无畏、视死如归的精神，冷鹏飞和战友们击退了敌人一次又一次的冲锋。在作家李占恒看来："冷鹏飞这一代军人，为了祖国的利益，为了民族的尊严，一不怕苦，二不怕死，生命不息，冲锋不止。"从那时起，"一不怕苦，二不怕死"的战斗精神，就和冷鹏飞的名字一起，传遍大江南北。此后的十几年间，冷鹏飞这个名字，激励了众多年轻人报名参军，保家卫国。

1969年7月30日，冷鹏飞被中央军委授予"战斗英雄"荣誉称号。那一年，他还参加了新中国成立20周年的国庆观礼。这是一个难忘的日子。1969年9月27日，作为国庆观礼团选出的代表，冷鹏飞一行20多人来到中南海怀仁堂，等待中央首长接见。当警卫局的同志首先把冷鹏飞介绍给周恩来时，周恩来紧紧地抓住冷鹏飞的手说："你就是指挥战斗的那个营长吧，仗打得不错嘛！你们为祖国、为人民立了大功，谢谢你们了！"10月1日，冷鹏飞等人登上天安门城楼。当看到毛泽

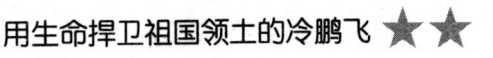

东从西边慢慢走来，向着游行队伍招手致意时，冷鹏飞无比激动幸福……

本 色 不 改

1969年3月的珍宝岛之战，双方直接投入的参战部队规模是营连建制，交战时间不长。在珍宝岛冲突后，战争没有升级，这与中国军队在珍宝岛之战中表现出来的强大战力不无关系。

在这次战斗中，中国军队的参战人员基本上都是新中国成立后长大的一代，没有参加过革命战争和新中国成立后的对外战争，但他们在战斗中表现出优秀的素质和高昂的士气。毛泽东事后曾提到，他很满意的一点，就是冷鹏飞这样第一次参战的基层军官，也能指挥部队打胜仗。

"军队的专业就是打仗。有打仗的精神，有打仗的思想，有保卫祖国的这种精神，冲锋陷阵，视死如归，你就能打胜仗。"珍宝岛自卫反击战中的指挥若定、勇敢顽强，来源于冷鹏飞一以贯之的这种军事素养。

1933年，冷鹏飞出生在湖北省黄冈市浠水县一个贫苦的农民家庭，小时候经历了种种饥饿困苦。1947年，刘邓大军挺进大别山，对穷人开仓济粮。从那时起，冷鹏飞就有了参军的念头。中华人民共和国成立后，冷鹏飞积极报名参军。为了能当兵，他把手指头刺破，写血书。1956年，冷鹏飞实现了当兵的愿望。那一年，抗美援朝战争结束不久，冷鹏飞所属部队还担负着驻防朝鲜的任务，于是，他的新兵生活就在这片刚刚经历战火洗礼的异国土地上开始了。在朝鲜的两年里，目睹战争给百姓带来的创伤，更加坚定了冷鹏飞苦练本领，保卫祖国的决心。1959年，冷鹏飞自学考入当时的解放军防化兵学校。军校毕业，他被分配到原部队任侦察排长。两年后，他走上了连长的岗位。在师里组织的评比中，他所带的连队以全优成绩夺得标兵连称号，他个人也被评为标兵连长，并破格提拔为营长。关于这段经历，冷鹏飞曾在日记中写道："以后无论职务如何改变，但心想连队不变，深蹲连队不变，工作落实到连队不变！"

寒冷地区练兵的首要问题是抗寒能力，冷鹏飞一直有针对性地苦练精兵。冷鹏飞的战友王玉海介绍："那时候，他（冷鹏飞）就说，'为了把骨头练硬，为了把意志练坚'。他最后还写了一首诗，'练，为革命而练，二十里地一身汗。练，把意志练坚，把骨头练硬'。"王玉海说："把雪堆起来，然后（在）里面抠个洞，上半夜在洞里头待着，下半夜到外面待着，就看人的耐寒能力怎么样。"战友于凤林介绍："趴那儿潜伏是不能动的，无论是虫咬还是动物路过，都不能发出任何响声。"

珍宝岛自卫反击战后，对军队有着深厚感情的冷鹏飞回到部队，先后担任团长、师副参谋长、师长和集团军副军长，1988年9月被授予少将军衔。与他接触过的官兵有一个共同的感受，那就是冷鹏飞的眼里总有炮火硝烟中对敌人的警觉，心中总有战场冲锋时爆发的血性与豪气。他把一生的热情都倾注到军队建设与战斗力提高中。

一次，冷鹏飞带着指导组跟随一个团进行战术课目观摩，为检验这个课目步兵的训练强度和战术动作难度，他要求所有指导组成员不乘汽车，并率先背上和战士们一样的负重，徒步跟随部队强行军15公里。值得一提的是，由冷鹏飞钻研创新的"抗击敌坦克进攻系列战法"，对部队训练具有重要的指导作用。

身为军职干部，冷鹏飞在生活上极其俭朴，他严格要求自己的家人，从不跟组织提任何要求。还在职时，冷鹏飞的小儿子大学毕业后，想让老爸托人找个工作，但是冷鹏飞没有答应，他告诉儿子，只能靠你自己去奋斗……每次下部队，他都坚持"三不准"原则：不准迎送、不准招待、不准陪吃。冷鹏飞说："领导干部自己搞特殊化，在战士们面前，还有什么资格指挥部队呢！"

2017年7月28日，被授予了象征当代军人最高荣誉的

"八一勋章"后，冷鹏飞给昔日的战友于万春（珍宝岛自卫反击战中荣立二等功）打电话，特别强调说，"老于，这枚勋章不是颁给我个人的，而是颁给参加过那次战斗的所有战友的，也有你的一份"……

在冷鹏飞的身上，人们可以看到一个英雄真正的模样。英雄，是在国家危难时冲锋在前的旗帜，更是在岁月长河里坚守本色的楷模。

珍宝岛冲突后不久，1969年8月，我军在岛上建立了营房，开始常年驻守。如今，岛上的营房已经换了几代，解放军官兵在这里行使着国家的主权。在珍宝岛自卫反击战中牺牲的战士，安眠于宝清县的珍宝岛烈士陵园。只有岛上林中依旧埋藏的2000多枚地雷和偶尔可见的雷场标志，还提醒人们当年这里曾硝烟弥漫，炮火隆隆。

▲ 中国边防战士守卫珍宝岛

20多年后的1991年春天，新华社报道，经过中苏两国政府边界谈判，苏联政府承认珍宝岛是中国领土。

"缉毒神探"印春荣

"我是一个警察。"在电影《无间道》中,当梁朝伟饰演的陈永仁说出这句经典的台词时,道出了一个警察对自我身份的坚守。印春荣,缉毒警察。作为一线侦查员的他,需要经常深入虎穴。他不知扮演过多少次老板,充当过多少次"马仔"。对大多数人来说,一次与死神擦肩而过的经历就足以刻骨铭心,他却数十次面对毒枭的枪口,30多次打入贩毒集团内部。一次次死里逃生,这个身高只有一米六四的男人,如何在禁毒战场上历经血与火的考验,又是如何创造惊心动魄的缉毒传奇?

现实版本的《无间道》

2002年5月6日下午,厦门一家五星级酒店三楼茶室。尽管房间里飘荡着舒缓悠扬的萨克斯乐曲,但房间里的3个人却一点都不放松。

其中,一个身高一米九多的彪形大汉面无表情地盯着斜对面的小个子,偶尔警觉地扫一眼四周。小个子,就是印春荣。不过,此刻他是某贩毒集团的"马仔""三哥"。坐在他对面的,是绰号"刀疤"的台湾籍毒贩。

▲印春荣现场指挥行动

"刀疤"在特种部队服役过5年,一身功夫,枪不离身,心狠手辣。"刀疤"的保镖,那个彪形大汉,对云南边境的情况非常熟悉。这无疑是一场生死之战,容不得半点马虎。印春荣强迫自己冷静下来,投入到"三哥"的角色中。

这时,"刀疤"说自己没烟了。印春荣从兜里掏出一盒三五牌香烟,扔给对方一支,自己也点上一支。掏烟、点烟、吸烟、吐烟，印春荣这套不起眼的动作，一直处在"刀疤"冰冷的注视下。终于，"刀疤"点上了烟，长长地吸了一口，刚才几乎凝滞的空气重新流动起来。印春荣明白，"刀疤"是在考察他，看他此刻的神情，自己应该是通过了考察。

印春荣开始与对方周旋。他向毒贩介绍云南边境的情况、自己的"业务"范围和组织"货源"的能力。半小时后，"刀疤"将80万元打到了印春荣的账户上，并将40万元现金摆在印春荣面前，要求马上交易。按照预案，这是行动的最佳时机。但印春荣这时接到专案组指令，另外一路小组抓捕时机还不成熟，不能打草惊蛇。这就意味着，他需要和"刀疤"继续周旋。

又过了3个小时，因为拿货的要求一直没得到满足，"刀疤"开始焦躁起来。此刻，印春荣的内心更加焦虑，天南地北，境内境外，有些话拉锯似的反复说，这太容易引起"刀疤"的怀疑了。正在消逝的每一分钟，对印春荣来说都是那么漫长……艰难地支撑了4个小时后，印春荣终于等到了专案组开始行动的指令，埋伏在外的官兵冲进酒店。

意识到上当的"刀疤"，拔出手枪准备挟持印春荣。印春荣眼疾手快，死死抓住他的双手，与战友合力将两名毒贩生擒。此案共缴获海洛因53千克，毒资300多万元，摧毁了一个带有黑社会性质的贩毒集团。

多年之后，印春荣对那天经历的焦灼记忆犹新。"这个期间大约从早上11点开始谈，谈到下午4点半，这个时间太漫长了。我从来没遇到过……我不断创造一些交接不了的人为因素，比如款不到……在这4个多小时中，真叫度日如年……"

当时，电影《无间道》正在全国热播，印春荣这段经历无疑是一部现实版的《无间道》。由于案件需要，印春荣不断变换身份。这些年来，他不知扮演过多少次老板，充当过多少次"马仔"，冒充过多少回"小弟"。他像演员那样演戏，却有着与演员截然不同的真实的生死体验。

生死一线凭什么制胜

那一次，印春荣和一名战友假扮成接货人，到一个村子与毒贩接头。据此前被抓的毒贩同伙交代，毒贩家里只有60多岁的"马叔"一人在家。如果情况属实，那么对印春荣他们来说十分有利，他们可以在不惊动其他村民的情况下，将毒贩抓捕归案。

趁着夜色，印春荣二人进入村子，其他战友则在村外埋伏起来。然而，一进入毒贩家，印春荣不自觉地心里一紧。

毒贩的家里一共有5个人，个个长得凶神恶煞，院子里还养着3条大狼狗。在家中抓捕显然不现实了，但既然进去了，再难也得继续演下去。

几番试探之后，"马叔"相信了印春荣他们就是来接货的人，把货交给了他们。虽然毒品拿到了，但让毒贩逍遥法外，印春荣有些不甘心。怎样才能让毒贩乖乖地跟着自己走出村子呢？看到毒贩家中的恶犬，一个想法突然冒了出来。

印春荣一把拉住毒贩："马叔，你看你们村的狗那么多，我们扛着货出去，要是被狗追，跑都跑不过。要是把彪哥的货弄丢，那可就没命了，还请你领我们出村。"

老毒贩想了想，觉得印春荣说得有道理，便叫上另外两人一起送印春荣他们出村，结果被埋伏的民警一举抓获。此案缴获海洛因55千克。不过，印春荣还是颇觉遗憾，毕竟抓捕行动让两名马仔逃脱了。

印春荣说："与毒贩打交道不仅仅是勇气的较量，更是智慧和意志的比拼。"2003年11月20日，印春荣接到报告，云南省保山市曼海公安检查站从一辆轿车车胎钢板夹层里查获海洛因5.964千克。当时，办案人员认为，驾驶员已暴露，幕后指使人可能跑了，线索已断，没有进一步侦办的必要了。

但是，细心的印春荣发现，驾驶员回答问题时眼神飘忽不定。凭着多年的缉毒经验，印春荣断定，这背后还有事。

果不其然，驾驶员称背后另有"老板"。于是，印春荣带领专案组连夜奔赴昆明，指挥驾驶员与"老板"联系"交货"。"老板"被抓后，交代了一条重要线索：这批"货"准备卖给在广东的台湾人"耗子"。印春荣随后扮成"老板"的"小弟"，与两名毒贩一起去见"耗子"。

"耗子"不断变换交货地点，印春荣他们只得在昆明、贵阳、广州、东莞、深圳等地辗转。一路上，同行的毒贩困了睡，饿了吃，印春荣他们要考虑破案的事，又要防止两名毒贩逃脱或对自己下毒手，哪里敢睡！实在太困了，印春荣就点支烟，眯一会儿，一支烟差不多3分钟烧完，烧完就会烫到手指，人就醒了。如今，印春荣的食指上还留着明显的

▲ 印春荣（左一）与战友整装待发

烫痕。

几千公里连续行车,19天与毒贩同吃同住,印春荣和战友承受了巨大的生理和心理考验。最终,"耗子"在广东被抓获,"11·20"特大贩毒案告破。此案抓获犯罪嫌疑人10名,缴获海洛因5.964千克,冰毒225.9千克,毒资695万元人民币,轿车4辆,端掉了深圳一个日产毒品20千克的冰毒加工厂,一个横跨云南、贵州、广东、台湾的贩毒网络被摧毁。

在一次公开查缉中,印春荣拦下一辆藏有68千克毒品的小轿车。"那种时候想都不用想,我真是不知道当时哪来的勇气,冲上去抓着保险杠,用枪指着他。驾驶员就被这种临时的情况吓到了,也有紧张,(他)半离合状态(把我)推出去十几米远……"

印春荣表示,"现实不像电影那样可以展示丰富的内心世界,在生死一线,靠的是机敏、冷静和沉着"。这样的生死一线,对印春荣和他的战友来说,已是家常便饭。

只为多查获一克毒品

1964年7月,印春荣出生在云南省昌宁县边境地区。从小到大,目睹了无数因毒品家破人亡的悲剧。在印春荣记忆中有一个从小一起长大的朋友。朋友有着一双大大的明亮的眼睛，志向远大，多才多艺，不仅歌唱得好，还弹得一手好吉他。高中毕业，他有了一份人人羡慕的工作。可是，好景不长。一次，印春荣回家探亲，在街上遇见那位朋友。朋友的变化让他大吃一惊：面容枯黄，双眼呆滞。没说几句话，就开口向他借钱。知道朋友在吸毒，印春荣多次去找朋友，希望他把毒瘾戒掉，却没有找到他。几年后，印春荣再次听到关于那位朋友的消息，是他在缅甸死于过量吸毒……

1982年，印春荣高中毕业，报名参了军。此后，他的身份经历了多种转换，从战士、学员、卫生员到军医。

1998年10月，已经在缉毒前沿保山边防支队干了多年军医的印春荣，临时在一次办案中充当"马仔"，深入毒贩内部。"交货"的路上，两个毒贩和他同乘一辆摩托车，他被夹在中间。经过一个交通岗亭时，骑车的毒贩闯了红灯，被交警拦下。两个毒贩一看情况不妙，掉头便想跑。印春荣赶紧制止毒贩，下车向交警迎面走去。那位交警看他有些眼熟，刚想说话，印春荣灵机一动，先开口说道："老哥，我们是从山里来的，头一次进城，啥规矩都不懂，放我们一马吧！"随手塞给交警一盒烟，并使了个眼色。交警明白其中必有内情，说了句"下次注意"，便挥手放行。

经过这次"历险"，毒贩更加信任印春荣了，到茶馆后，取出毒品要和他"交易"。"大哥,不急,不急,我们再验验货!不能让大哥吃亏!"为便于抓捕,印春荣和毒贩边喝茶,边找话说拖延时间。"啪!"眼看时机成熟,趁毒贩不备,印春荣突然抓起茶杯,向一名毒贩砸去。另一名毒贩一愣,瞬间反应过来,掏出刀子,向印春荣捅来。印春荣侧身一闪,猛地撞向这个比自己高出一头的毒贩。

这时,设伏的侦查员及时赶到,将两名毒贩擒住,当场缴获海洛因9.8千克,打掉了这一特大跨国贩毒团伙。因为表现突出,印春荣荣立三等功,并于第二年3月调入支队调研科任副科长,从此,走上了缉毒战场的第一线,开始了他的缉毒传奇。

真正地经历过,才知道缉毒工作的艰辛。对当时的印春荣来说,审讯不会,外侦不会,情报信息来源少,往往获取10条线索,一个案子也办不成。伴随着开局的艰难,质疑声也随之而来……

然而,战友的质疑却激发了印春荣不服输的劲头。为了尽快打开工作局面,印春荣一边参加侦查专业技能培训学习,一边认真钻研专业书籍,细心

▲印春荣电话指挥部署工作

揣摩毒贩心理。他明白，要想成为一名合格的侦查员，必须练就过硬的本领。

几度风雨几度春秋，风霜雪雨搏激流。终于，印春荣用不懈的努力证明了自己。在调入支队的第5个年头——2003年的缉毒记录上，清楚地记载着他的缉毒"战绩"——平均每3天破获一起贩毒案件。他在同行中也赢得了"缉毒神探"的美名。

2014年8月，印春荣升任云南省普洱市公安边防支队支队长。到普洱任职三年来，印春荣先后30余次率团与越南、老挝、缅甸边防部门会晤，组织成立"智慧边防"智库小组，经过30多次调研论证，在边境一线建成集数字沙盘、远程指挥、无人机巡逻、移动终端核查等于一体的数字化边境管控体系，竖起一道全方位、全时段监管的智能国防屏障。在印春荣带领下，普洱边防辖区治安案件发案率比三年前下降67%，刑事案件发案率下降40%。

2015年11月，刚做完心脏支架手术的印春荣带队侦查一个月，成功打掉一个特大武装贩毒团伙，抓获犯罪嫌疑人11名，缴获毒品13.7千克、枪支10支、子弹1050发。

"我们在边境地区多查获一克毒品，多抓一名犯罪嫌疑人，内地的老百姓就少一分危害。"这是印春荣的心愿。

那些无声付出与坚守

对缉毒民警而言，选择了缉毒工作，就选择了动荡与凶险。印春荣说，每次办完案，他最想做的事是给妻子和儿子做顿饭，给他们洗几件衣服。像个普通人一样享受平凡的生活，是他的心愿。然而，这样普通的心愿对印春荣来说，也是奢望。一提起家人，这个让毒贩闻风丧胆的缉毒英雄，满脸愧疚。

对于印春荣工作起来的"拼命三郎"状态，普洱市公安边防支队政委李福仓也许最有发言权，"到我们支队三年来，他没有休过一次完整的探亲假，加在一起的探亲时间还不到40天。为了拿下一个案件，可以说几天不睡觉，才造成他现在身体出现状况。心脏搭过支架，他是药不离身……提醒他该休息了，他总是笑笑，说'没事'……"

由于印春荣断了一些人的财路，境外贩毒集团悬赏100万元人民币，扬言要让他和家人在世界上永远消失。一次，隔着马路，一个刑满出狱的人认出印春荣，径直追了过来。当时，正好身边有辆出租车，印春荣跳上车才脱离险境。

为防止犯罪分子对家人打击报复，每次休假回家，印春荣都选择深夜才进家门，回到家后就一直待在屋里，不随意抛头露面。妻子和儿子希望和印春荣一起逛逛街，印春荣从不答应，只和他们一前一后地走。

一次，赶上儿子生病、岳父住院，妻子请假带着生病的儿子到昆明照料老人。当时，印春荣正在昆明办案，虽然几次从医院门口经过，但怕家人被犯罪嫌疑人盯上，没敢进医院看一眼……

2006年，一次接受采访时印春荣从节目组得知，有一年儿童节，老师出了一道作文题——"我是怎么度过这个六一儿童节的"。当时，印春荣正在外地办案，但儿子却在作文中写道："我和爸爸一起度过了六一儿童节，我们特别

▲印春荣谈及对妻子的歉疚，泪流满面

开心。"一个孩子的"谎言",触动了印春荣最脆弱的情感防线。节目录制结束后,有人看见这个在毒贩面前无所畏惧的硬汉,在化妆室一个人放声大哭……

印春荣告诉记者,整个公安边防部队,10年来牺牲了169人,其中云南公安边防总队牺牲了56人。印春荣说,"很多(牺牲的人)都是身边战友,2016年,我们支队的杨军刚就在缉毒中牺牲了"。他形容那种感觉,"真是撕心裂肺"。缉毒战场出生入死,印春荣说他是幸运的,还能继续战斗在禁毒战线上。

有这样一组数字:截至2017年,作为侦办主力,印春荣先后破获贩毒案件3234起,抓获犯罪嫌疑人4246名,缴获各类毒品4.62吨、易制毒化学品487吨、毒资3520余万元,个人参与缉毒量创公安边防部队之最。

"我是一个警察。"在电影《无间道》中,当梁朝伟饰演的陈永仁说出这句经典的台词时,道出了一个警察对自我身份的坚守。

印春荣说:"这个社会中,你能体现你的价值,就是你用心去做某一件事——是别人认可的东西。抓坏人、缴毒品、办案子,时间长了,真的需要一种精神。这种精神,我感觉是一种责任心。"